Leon Treptow, Carl Alexander Raida

**Der Glücksengel**

oder eine moderne Mascotte

Leon Treptow, Carl Alexander Raida

**Der Glücksengel**
*oder eine moderne Mascotte*

ISBN/EAN: 9783743389700

Hergestellt in Europa, USA, Kanada, Australien, Japan

Cover: Foto ©Andreas Hilbeck / pixelio.de

Manufactured and distributed by brebook publishing software (www.brebook.com)

Leon Treptow, Carl Alexander Raida

**Der Glücksengel**

Als Manuscript gedruckt.

Sowohl Aufführungs-, als Nachdrucks- und Uebersetzungsrecht vorbehalten.

Für sämmtliche Bühnen im ausschließlichen Eigenthum des Herrn Dr. O. F. Eirich, Hof- und Gerichts-Advokaten, Wien, I. Wipplingerstraße 29, und von diesem allein ist das Aufführungsrecht zu erwerben.

L. Treptow und C. A. Raida.

# Der Glücksengel

oder

# Eine moderne Mascotte.

Posse mit Gesang in 3 Acten
von
Leon Treptow.
Musik von C. A. Raida.

Dieses Manuscript darf von dem Empfänger weder verkauft, noch sonst irgendwie weiter begeben werden, und gilt das Aufführungsrecht nach vorher erfolgter Einigung über die Bedingnisse nur für _____ Director_____ - _____ und zwar nur für die Zeit, während welcher d___selbe die Direction d ___ Theater___ in _____ inne hat, demnach weder für seinen Directions- oder Rechtsnachfolger an diesem Orte, noch für diese _____ selbst, wenn d____ selbe eine andere Direction übernehmen sollte, für diesen anderen Ort. Dr. O. F. Eirich.

Ein Buch kostet 1 fl. ö. W. resp. 1 Rm. 50 P.
Alle Rechte vorbehalten. — Ent. at Stat. Hall, London.

Wien, 1886.

Druck von Leo Reichel's Witwe in Baden bei Wien.
Verlag von Dr. O. F Eirich.

## Personen.

Timpel, Rentier.
Emma } seine Töchter.
Röschen }
Dr. Paul Hagen, Rechtsanwalt.
Kurt von Lindeck, Gutsbesitzer.
Bruno Flieder, Apotheker.
Frida.
Geier.
Schnudel, Timpel's Factotum.
Minna, Mädchen bei Timpel.
Lorle Bluest, eine Schwäbin.
Mrs. Fingelton, eine Gouvernante.
Anatole Schneider.
Lieutenant von Zittelwitz.

Anmerkung für die Direction: Wird von einer und derselben Dame gespielt.

Ort der Handlung: Eine Großstadt.

# I. Act.

Ein Gartensalon bei Timpel. Im Hintergrund Ausblick auf die Gartenterrasse und den darunterliegenden Garten. Rechts und links je zwei Seitenthüren mit Portièren versehen. Meublement reichhaltig und elegant, links zwischen den beiden Seitenthüren ein Pianino mit Sesseln, Notenständer ꝛc. ꝛc.

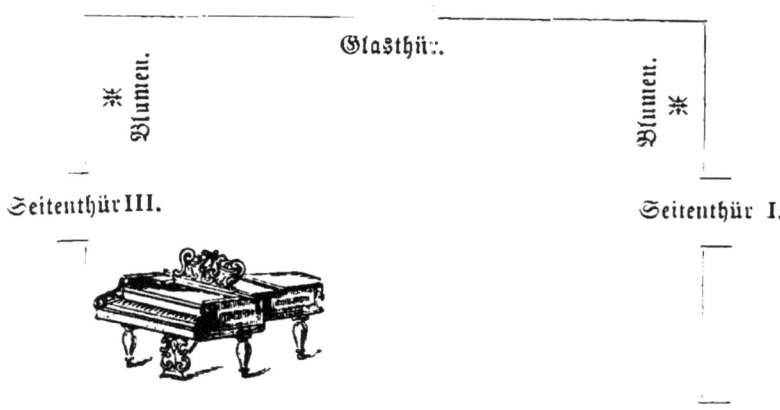

Meublement nach Arrangement.

## 1. Scene.

**Minna, Paul.**

(Beim Aufgehen des Vorhanges ist Paul auf der Scene. Minna tritt von links III auf.)

**Paul.** Nun Minna, haben Sie?

**Minna** (zieht einen rosa Brief vor). Ich habe, Herr Doctor, und noch dazu einen doppeltfrankirten. Sehen Sie nur die schöne rothe Farbe. — Der Inhalt ist so glühend, daß selbst das Papier davon erröthet! —

**Paul** (nimmt den Brief). Danke Minna, hoffentlich ist der Inhalt auch ein ebenso guter. Hier — nehmen Sie diesen Brief. (Gibt ihr einen Brief, ebenfalls rosa.) Befördern Sie ihn aber vorsichtig, damit er nicht in die Hände des Herrn Papas fällt; denn Sie wissen ja . . .

**Minna** (einfallend). Daß der Alte nichts von Ihnen wissen will. — Leider! — Herr Timpel kann Sie nicht leiden!

**Paul.** Aber er kennt mich ja gar nicht.

**Minna.** Einerlei — Sie sind Advokat — das genügt! Mein Herr haßt nichts so auf der Welt, als die Advokaten und die Apotheker. Die Advokaten, weil er einmal einen großen Prozeß verloren hat, und die Apotheker nennt er Giftmischer - Pillendreher — ha, 's ist ein kurioser Herr, mein Herr! —

**Paul.** Wird Herr Timpel noch lange fort bleiben? —

**Minna.** Das glaube ich nicht, Herr Doktor, denn gestern ist seine Jüngste plötzlich aus der Pension gekommen.

**Paul.** Fräulein Röschen?

**Minna.** Ja, Herr Doktor - na an der wird Herr Timpel seine Freude haben, die Kleine stellt das ganze Haus auf den Kopf!

**Paul.** Wirklich? — Nun adieu, Minna, sobald Fräulein Emma zurück ist, geben Sie mir Nachricht, bis dahin seien Sie auch ferner unserer Liebe Schutzgeist. (Mitte ab.)

## 2. Scene.

**Minna,** dann **Schnudel.**

**Minna.** Was hat er gesagt? Unserer Liebe Schutz= mann? Ja, er hat Recht — ich beschütze dieses unglücklich liebende Paar! Ach, es muß miserabel sein, wenn man sich so schrecklich gern hat, ohne Aussicht, den geliebten Gegenstand an's Herz drücken zu können.

**Schnudel** (komische Erscheinung, sehr eilig von links). Minna! Minna

**Minna.** Was gibts denn, Schnudel?

**Schnudel.** Tolle Chosen! Timpel kommt!

**Minna.** Heute?

**Schnudel.** In 'ner halben Stunde ist er da! —

**Minna.** Das ist toll!

**Schnudel.** Töller! Aber das Tollste — er bringt Einen mit. —

**Minna.** Doch nicht etwa 'nen kleinen Affen.

**Schnudel.** Nee — einen Schwiegersohn. —

**Minna.** Wie?

**Schnudel.** Da, — lies die Depesche. (Gibt sie ihr.)

**Minna** (liest). Emma verlobt — Gegenstand bon — bon — ein „Reinfall". — Was ein 'Reinfall?

**Schnudel.** Unsinn — das heißt „beim Rheinfall" — in Schaffhausen. — —

**Minna.** O je — so 'n Malheur — verlobt sich das arme Wurm beim Rheinfall! Und der arme Doktor Hagen — vorhin war er da und gab mir diesen Brief für seine Geliebte. — Na, das ist 'ne schöne Geschichte! — (Hat den Brief vorgeholt und gezeigt, will ihn wieder einstecken, läßt ihn dabei unbemerkt fallen.)

**Schnudel.** Aber was sagst Du zu so 'ner Frechheit von unserm Timpel? Verlobt seine Tochter, ohne mich zu fragen — na warte — komm Du mir nach Hause! —

**Minna.** Schnudel, Du hast großen Einfluß auf den Herrn —

**Schnudel.** Freilich — er thut nichts ohne mich — wir sind ein Herz und eine Seele; das kommt noch von früher her — ich habe nämlich Timpel'n 'mal das Leben gerettet.

**Minna.** Wie denn?

**Schnudel.** Wir hatten 'ne Angelpartie gemacht, plötzlich fiel Timpel in's Wasser —

**Minna.** Aus Leichtsinn?

**Schnudel** (trocken). Nee — aus der Gondel. — Was meinst Du wohl, was ich nun that?

**Minna.** Du sprangst nach? —

**Schnudel** (trocken). Nee — ich schrie so lange um Hilfe, bis Leute kamen und Timpeln herauszogen. — So habe ich meinem Herrn das Leben gerettet! —

**Minna** (begeistert). Schnudel, Du bist ein Held!
**Schnudel.** Ja, aber ich mache wenig Gebrauch davon.
(Beide nach links ab.)

### 3. Scene.

**Röschen** durch die Mitte.

**Röschen** (im koketten Backfisch=Costume.)

Entrée=Couplet.

1.

Ich bin bald siebzehn Jahre doch,
Und soll nicht drüber grollen,
Daß mich die Leute immer noch
Als Kind behandeln wollen.
Wie oft warf ich 'ne Frage auf,
Sehr eifrig und beflissen,
Und was ward mir als Antwort d'rauf —
„Kinder müssen
Nicht Alles wissen!" —

2.

So sah ich jüngst im Mondenschein
In einer Laub' von Flieder
'nen Jüngling und ein Mägdelein,
Er kniete vor ihr nieder.
Und als ich frug: O sagt, warum
Sich die im Finstern küssen?
Hieß es: „Ach frage nicht darum,
Kinder müssen
Nicht Alles wissen!"

Das ist ein ganz falscher Gesichtspunkt! Ich muß Alles wissen. — Meine angeborene Neugierde läßt mir keine Ruhe, bis ich nicht jedes Geheimniß erforscht habe! Ich schwärme nämlich für Geheimnisse. — Leider gibt's hier im Hause gar nichts zu ergründen. Alles, was ich seit meiner Ankunft erforscht habe, ist, daß der Schnudel und Minna heimliche Rendez=vous in der Speisekammer haben. (Lacht.) Hahaha! In der Speisekammer. —

„Wenn sich ihre Herzen laben,
Muß der Magen auch was haben!"

Hoffentlich bekommt meine angeborene Neugierde mehr Nahrung, wenn Papa und die Schwester zurück sind! (Sie bemerkt den Brief auf der Erde.) Was ist denn das? Ein rosafarbenes Briefchen — das ist verdächtig. (Hebt den Brief auf.) Ohne Adresse? Das ist noch verdächtiger! (Entschlossen.) Ich lese den Brief — aber nein, das wäre ja Verletzung des Briefgeheimnisses! — — Was mag wohl darin stehen? (Hält den Brief gegen das Licht.) Nichts zu sehen — einerlei, ich lese ihn, ich muß doch wissen, wer der Absender ist, um ihm den Brief als ehrlicher Finder wieder zuzustellen. — Das ist erlaubt — ja, das ist sogar Pflicht! (Erbricht den Brief.) Ha! Ein Liebesbrief — — (Liest.) „Heiß und innigstgeliebte Emma!" — schau, schau — meine Schwester wird heiß und innig geliebt — mir wird's ganz warm dabei! (Liest.) „Ich zähle die Minuten, bis Du wieder an meinem Herzen ruhst". — Er zählt die Minuten? Der muß wenig zu thun haben! — (Liest.) „Seitdem Du fort bist — ist mein Herz öde und leer". Der Arme! Wie heißt denn der Mann mit dem leeren Herzen? (Sieht nach der Unterschrift.) „Paul". — Ich muß herausbekommen, wer dieser Paulus ist. (Liest.) „Ich schwebe beständig zwischen Furcht und Hoffnung". — Er schwebt — das ist zu nett!

## 4. Scene.
### Röschen, Paul.

**Paul** (erregt durch den Garten). Minna — Minna. — (Bemerkt Röschen.) Ach, pardon, mein Fräulein, ich suchte — ich dachte — das heißt — ich glaubte —

**Röschen** (bei Seite). Wie verlegen der ist? Das ist verdächtig! (Laut.) Sie suchten unser Mädchen? — Vielleicht kann ich Ihnen dienen. — (Knixt.) Ich bin Röschen, — das jüngste Kind des Hauses Timpel. —

**Paul.** Fräulein Röschen — so sind Sie die Schwester?

**Röschen.** Ja mein Herr, die Schwester der „heiß und inniggeliebten Emma".

**Paul** (stutzt). Wie?

**Röschen** (bei Seite). Er stutzt? Der ist's! (Laut.) Heißen Sie vielleicht Paul? —

**Paul.** Sie kennen meinen Vornamen?

**Röschen** (verlegen). Nein — das heißt ja — ich vermuthe — Sie sehen ganz so aus, als ob Sie Paul hießen.

**Paul.** Sie haben Recht, mein Fräulein, mein Name ist Paul Hagen — Doctor Hagen und ich zähle...

**Röschen** (einfallend). Ich weiß — Sie zählen die Minuten...

**Paul** (erstaunt). Wie?

**Röschen.** Ferner „schweben Sie beständig mit einem leeren Herzen umher".

**Paul.** Ah, Sie haben meinen Brief an Ihre Schwester gelesen?

**Röschen.** Ja, Herr Doctor, aber nur um mich zu überzeugen, wer der Absender ist, um ihm seinen Verlust wieder zuzustellen. — (Gibt den Brief.) Bitte, Herr Doktor!

**Paul.** Fräulein Röschen, der Zufall hat Sie zum Mitwisser eines Geheimnisses gemacht — Sie sollen Alles erfahren, ja, ich liebe Ihre Schwester — leider hoffnungslos!

**Röschen.** Hoffnungslos? — Meine Schwester liebt Sie nicht wieder? — Das begreife ich nicht, Sie sind doch ein ganz hübscher Mann.

**Paul.** Danke für das Compliment —

**Röschen.** Nein, ganz im Ernst — Sie sind sehr nett — besonders Ihr Schnurrbart. — Also meine Schwester?

**Paul.** Liebt mich mit Leidenschaft, aber —

**Röschen.** Eine Leidenschaft mit einem melancholischen „Aber"? Was ist das für ein „Aber"?

**Paul.** Ihr Papa kann mich nicht leiden.

**Röschen.** Was thut das, den Papa wollen Sie ja auch gar nicht heirathen.

**Paul.** Herr Timpel kennt mich nicht persönlich, trotzdem haßt er mich, nur weil ich ein Advokat bin. —

**Röschen.** Advokat? Das ist doch keine Sünde?

**Paul.** Bisher glaubte ich immer noch, die Antipathie Ihres Vaters überwinden zu können; heute aber schreibt mir Ihre Schwester, daß Ihr Papa sie plötzlich gegen ihren Willen verlobt habe.

**Röschen.** Wie? Meuchlings verlobt?

**Paul.** Ja, mit einem Herrn Kurt von Lindeck, den sie nicht liebt und der sie ebensowenig zu lieben scheint. Emma macht in ihrem Brief geheimnißvolle Andeutungen — —

**Röschen.** Geheimnißvolle Andeutungen? Das ist etwas für mich!

**Paul.** Noch heute trifft Ihre Schwester mit ihrem Verlobten hier ein.

**Röschen.** Das ist ja reizend!

**Paul.** Entsetzlich ist es, denn schon in vierzehn Tagen soll die Hochzeit sein.

**Röschen.** Es war hohe Zeit, daß ich die Pension verließ! Mein Papa macht ja nette Geschichten, aber beruhigen Sie sich, Herr Doktor, Sie sollen meine Schwester haben — ich nehme Ihre Sache in die Hand!

**Paul.** Wie, Fräulein Röschen, Sie wollen?

**Röschen.** Ich will Ihr und meiner Schwester Schutzengel sein! Meine Schwester wird Ihre Frau und wenn alle Stränge reißen, so opfere ich mich für Sie und heirathe den Herrn Kurt von Lindeck selbst.

**Paul.** Sie geben mir mit der Hoffnung das Leben wieder! Ich eile zum Bahnhof, um meine Emma wenigstens aus der Ferne begrüßen zu können! Gelingt es Ihnen, uns glücklich zu machen, so will ich Ihnen ein ewiges Denkmal setzen! —

**Röschen.** Ein Denkmal — wo?

**Paul.** In meinem Herzen! (Mitte ab.)

**Röschen** (lacht). Na, wenn da nur noch ein Plätzchen für mich übrig ist. — So, da wären wir ja mitten in einem reizenden Geheimniß. Ah, es geht doch nichts über Liebesgeschichten! — Davon hatten wir in der Pension gar keine Idee. (Auf der Terrasse wird laut gesprochen.) Was ist denn das? (Eilt zur Glasthür und sieht hinein.) Schnudel spricht mit einem fremden Herrn?

**Geier** (hinter der Scene). Sie hören ja, — ich muß Sie ohne Zeugen sprechen!

**Röschen.** Ohne Zeugen? Das ist Grund genug, um zu lauschen! (Sie versteckt sich rechts hinter der Portière.)

## 5. Scene.

#### Röschen, Geier, Schnudel.

**Geier** (tritt mit Schnudel durch die Mitte auf). Wie ich Ihnen sage, Freundchen, es soll Ihr Schaden nicht sein.

**Schnudel.** Schießen Sie doch endlich los — was wollen Sie mir sagen?

**Geier.** Kurz und bündig! Ihr Herr hat seine Tochter Emma verlobt.

**Schnudel.** Ich weiß!

**Geier.** Diese Verlobung ist mein Werk.

**Schnudel.** So?

**Geier.** Ja — ich bin der Gründer dieses Glückes.

**Schnudel** (für sich). Wie 'n Gründer sieht der auch aus!

**Geier.** Von der Verlobung bis zur Hochzeit ist aber immerhin noch ein weiter Weg. — Wenn Sie mir nun helfen, diesen Weg abzukürzen, so erhalten Sie am Tage der Hochzeit tausend Mark.

**Schnudel.** Ei der Tausend!

**Geier.** Wollen Sie?

**Schnudel.** Topp! Was gemacht werden kann, wird gemacht!

**Geier.** Recht so! — Noch eins — ich habe Herrn Timpel eine treue, fleißige Person als Kammermädchen empfohlen. — Eine kleine Schwäbin — jung, fesch und schlau und vor allen Dingen mir treu ergeben. Sie soll hier ...

**Schnudel.** Ein Bischen spioniren — wie?

**Geier.** Spioniren, welch' häßliches Wort — wir brauchen treu ergebene Personen, auf die wir uns verlassen können! Unter uns gesagt, Timpel ist ein Schwachkopf.

**Schnudel.** Ein echter!

**Geier.** Hehe! Sie werden Ihr Schäfchen wohl auch schon im Trockenen haben.

**Schnudel.** Schafskopf!

**Geier.** Wer?

**Schnudel.** Er!

**Geier.** Ach so — ich glaubte, Sie meinten mich! —

**Schnudel.** Nee — Sie kenne ich noch viel zu wenig.

**Geier.** Aber Sie sollen mich kennen lernen, Freundchen, und Sie werden sich freuen! Heutzutage muß eine Hand die andere waschen.

**Schnudel.** Jawohl — wenn sie schmutzig sind.

**Geier.** Adieu, Freundchen, ich eile zum Bahnhof um das junge Brautpaar abzuholen, seien Sie schlau und verrathen Sie nicht, daß wir uns schon kennen! (Geht.)

**Schnudel.** Der Esel!

**Geier.** Wer?

**Schnudel.** Er!

**Geier.** Ich?

**Schnudel.** Nee — der Andere! —

**Geier.** Sie Spaßvogel! (Mitte ab.)

**Schnudel.** Sie Galgenvogel!

**Röschen** (tritt vor). Schnudel!

**Schnudel** (erstaunt). Fräulein, Sie waren hier?

**Röschen.** Und habe Alles gehört! Dieser Mensch ist ...

**Schnudel.** Ein Spitzbube; wenn er wieder kommt, fliegt er die Treppe hinunter! —

**Röschen.** Im Gegentheil, Schnudel, Sie werden scheinbar Alles thun, was er von Ihnen verlangt! Wir müssen erforschen, was dieser Mensch im Schilde führt!

**Timpel** (hinter der Scene). Schnudel, wo steckst Du denn?

**Schnudel.** Ihr Herr Papa — —

**Röschen.** Ich verstecke mich, um ihn zu überraschen! (Rechts IV ab.)

## 7. Scene.

### Schnudel, Timpel.

**Timpel** (durch die Mitte, in jeder Hand eine Reisetasche, sehr gemüthlicher Mann).

Entrée.

„Schnudelchen, laß Dich umarmen,
Timpel, er ist wieder hier! —
Schnudelchen, in Deinen Armen.
Wird es wohl und wonnig mir!

Schnudel, laß an's Herz Dich drücken,
Schnudel komm an meine Brust,
Schnudel, Du bist mein Entzücken,
Schnudel, Du bist meine Lust! —"

**Schnudel.** Na, Herr Timpel nu hören Sie bald auf mit der ewigen Schnudelei, ich bin sehr böse auf Sie! —

**Timpel.** Böse? Du verstellst Dich, Schnudel, Du freust Dich ja doch, mich wiederzusehen. —

**Schnudel.** Aber sehr inwendig! Sie haben ja tolle Sachen unterwegs gemacht! —

**Timpel.** Tolle Sachen? Wie man's nimmt! Es war 'ne Vergnügungsreise eigener Art! Auf dem Rigi saßen wir drei Tage im Nebel und in Schaffhausen — —

**Schnudel.** Kam der 'Reinfall.

**Timpel.** Nee, Schnudel, der kam nicht, der war schon da! Ich sage Dir, Schnudelchen, einen 'Reinfall — großartig! Beinahe wäre ich auch mit 'reingefallen! —

**Schnudel.** Wer weiß, ob Sie 's nicht sind, denn die plötzliche Verlobung Ihrer Tochter —

**Timpel.** Schnudel — das war ein seliger Moment! Sie weinte — er weinte — ich weinte! Wir weinten ein Terzett, es war rührend!

**Schnudel.** Aber Herr Timpel, Sie wissen doch, Ihre Tochter liebt einen Anderen.

**Timpel.** Einen Rechtsverdreher — das ist was Rechts! Nein, mein Schwiegersohn in spe hat 'ne Krone mit sieben Zacken. Denke Dir, Schnudel, einen siebenfach gezackten Schwiegersohn! — Die Emma wird Freifrau und ich . . .

**Schnudel.** Sie werden der „Frei=Schwiegerpapa" —

**Timpel.** Ich werde so frei sein! —

**Schnudel.** Wie hat sich denn der siebenfach gezackte Schwiegersohn zu Ihnen verlaufen?

**Timpel.** Den hat mir Freund Geier verschafft. — Kennst Du Geier?

**Schnudel.** Ist das der, von dem man sagt: „Hol's der Geier?"

**Timpel.** Aber Schnudel, Geier ist 'ne Seele von einem Menschen — ich kann behaupten, was ich will — Geier ist stets meiner Meinung! — Du wirst ihn ja kennen lernen, Schnudel, er wird hier wohnen. —

**Schnudel.** Hier? Meinetwegen, aber wenn Sie dieses Mal wieder 'ne Dummheit gemacht haben, Herr Timpel, ich lasse Sie im Schlamassel sitzen! (Mit dem Gepäck links III ab.)

## 8. Scene.
### Timpel, dann Röschen.

**Timpel.** Ein grober Kerl, der Schnudel, aber er meint's gut mit mit! — Schlamassel — lächerlich! — Wenn man einen siebenfach gezackten Schwiegersohn in der Tasche hat, kann von einem Schlamassel gar nicht die Rede sein!

**Röschen** (von links IV, schleicht sich hinter Timpel und hält ihm die Augen zu). Kukuk! Wer ist 's?

**Timpel.** Machen Sie keine Witze Geier!

**Röschen** (läßt die Hände los). Geier? Aber Papa, Du hältst meine zarten Finger für die Krallen eines Geiers?

**Timpel.** Röschen? Du? Aber Mädel, ich denke, Du bist in der Pension?

**Röschen.** Seit gestern nicht mehr, ich bin durchgebrannt!

**Timpel.** Durchgebrannt?

**Röschen.** Ja Papa, es war nicht meine Schuld, daß es so schrecklich langweilig in der Pension war! Denke Dir, gestern hatten wir Geschichte und noch dazu „alte Geschichte" — es war schrecklich, ich hasse „die Geschichte" ebenso wie ich für Geschichten schwärme. Da ich nicht wußte, wann Alexander der Große geboren war, bekam ich eine Rüge. Ich bitte Dich, Papa, was kümmert mich der Geburtstag dieses längst verstorbenen Herrn? Um mich etwas zu zerstreuen, machte ich mir eine Puppe.

**Timpel.** Eine Puppe?

**Röschen.** Ja — so eine Puppe (hat aus ihrem Taschentuch eine Puppe gemacht) und ließ sie meiner Nachbarin auf der Nase tanzen. — So (macht es bei Timpel nach) nun hättest Du das Lamento hören sollen. Die Vorsteherin sperrte mich in den Carcer und da saß ich. Zur Strafe sollte ich einen poetischen Aufsatz machen: „Gedanken eines Jünglings am Bach". — So dumm! Keine Gedanken, keinen Bach und keinen Jüngling! Daraus konnte nie etwas Gescheidtes werden. Ich ließ also Aufsatz Aufsatz sein, sprang zum Fenster hinaus und floh zum Bahnhof; leider bemerkte ich im letzten Augenblick, daß ich kein Geld bei mir hatte und sicher hätte ich wieder zurückkehren müssen, wenn nicht ein junger, sehr netter Mann mit einem allerliebsten Schnurrbart das Billet für mich gelöst hätte.

**Timpel.** Mädel, das sind ja wahre Räubergeschichten! —

**Röschen.** O Papa, es war reizend und das Beste daran war: der Schnurrbart! Ich hätte mir das Billet zwar auch von einem Backenbart lösen lassen, aber von einem Schnurbart macht es sich doch besser.

**Timpel.** Wer war denn dieser vielversprechende Schnurrbart?

**Röschen.** Das weiß ich nicht Papa, ich weiß nur, daß er Bruno heißt — vierundzwanzig Jahre alt ist, sehr schüchtern, unbestraft und militärfrei. — Ich habe ihn gebeten, sich das Geld von Dir abholen zu wollen.

**Timpel.** Dummes Zeug! Das hätten wir ihm ebensogut schicken können.

**Röschen.** Aber Papa, Du mußt doch meinen Retter in der Noth kennen lernen — unter uns gesagt — er hat einen Eindruck gemacht.

**Timpel.** Wo?

**Röschen.** Nun hier zwischen der vierten und siebenten Rippe — wo bei normalen Menschen das Herz sitzt!

**Timpel.** Röschen, mach' mir keine Dummheiten, Du mußt sehr vorsichtig sein, denn das Haus Timpel kommt jetzt in den gothaischen Kalender.

**Röschen.** In den Kalender? Was thut denn das „Haus Timpel" da?

**Timpel.** Deine Schwester wird jetzt eine „Geborene".

**Röschen** (naiv). Eine Geborene? Ich denke, geboren war Emma schon drei Jahre früher als ich?

**Timpel.** Du verstehst mich nicht, Röschen, Emma ist mit einem echten Freiherrn auf Lindeck verlobt.

**Röschen.** So? Ist sie auch in den echten Freiherrn verliebt?

**Timpel.** Das findet sich! Mit 'nem Mann ist's wie mit einem Paar neuen Stiefeln; zuerst drücken sie, aber nach und nach gewöhnt man sich daran.

**Röschen.** Oho Papa, ich würde mich weder an einen drückenden Stiefel, noch an einen ungeliebten Mann gewöhnen.

**Timpel.** Wenn der Mann 'ne Krone mit sieben Zacken hat, nimmst Du ihn auch!

**Röschen.** Papa — ich wittere Unheil! Wenn Emma den Siebenzackigen nicht liebt, so stehen wir vor einem Familiendrama und wer weiß, ob es einen so glücklichen Ausgang findet, wie in der berühmten Ballade:

„Liebe und Gasmeter."

(Sie declamirt mit den entsprechenden Gesten.)

„Es waren Zwei, die über Alles
Sich gegenseitig hatten lieb;
Sie war vermögend — er im Dalles,
Weshalb er Trauerspiele schrieb.
Schrieb auch Tragödien von Bedeutung,
Der Dichter beim Petroleumschein —
Ein Haus mit Gas und Wasserleitung
Hatt' ihr Papa und sagte „nein"!
D'rum hat sich nach des Grabes Schauern
Das Paar gesehnt, und um den Tod
Durch Vatern's Leuchtgas zu nassauern,
Empfing sie ihn um's Abendroth.
Erloschen endlich sind die Lichter,
Nun ströme Gas, Du bringst Genuß!
„Leb' wohl, Marie!" so haucht der Dichter —
„Leb' wohl, Marie, den letzten Kuß!"
Schon hören sie des Gases Töne,
Schon riechen sie die ew'ge Ruh' —
Da kommt Papa nach Haus um Zehne
Und — dreht den Gasometer zu!" —

(Mit Timpel links IV ab.)

## 9. Scene.

**Minna, Emma,** dann **Paul.**

**Minna** (durch die Mitte, geht zur Thüre links III). Fräulein! Fräulein!

**Emma** (von links III). Nun, Minna, hast Du ihn gesprochen?

**Minna.** Er folgt mir auf dem Fuße! (Paul erscheint in der Glasthür.) Da ist er schon!

**Paul.** Emma.

**Emma** (ihm entgegen). Paul! (Umarmung.)

**Minna.** „In den Armen liegen sich Beide
Und weinen vor Schmerz und Freude!"
Ich werde Posten stehen, wie der Engel Gabriel, der das Paradies bewacht!

**Paul.** Ich kann's noch immer nicht glauben — Du bist verlobt?

**Emma.** Es ist so, aber mein Herz weiß nichts davon!

**Paul.** Und so plötzlich?

**Emma.** Ja — ich bat den Papa dringend, mir Zeit zu lassen, er aber meinte „Frische Fische — gute Fische" und verlobte uns im Handumdreh'n!

**Paul.** Und Dein Verlobter?

**Emma.** Scheint unter dieser zwangsweisen Verlobung ebenso zu leiden, wie ich — und wenn dieser Geier nicht wäre — —

**Paul.** Geier?

**Emma.** Ein unheimlicher Mensch, den Papa auf dem Rigi kennen lernte — er ist der böse Dämon, der diese Verlobung zu Stande gebracht hat.

**Paul.** Hier muß etwas geschehen — ich werde mich sofort Deinem Papa vorstellen, werde um Deine Hand anhalten, vielleicht gelingt es uns, seinen Entschluß zu ändern!

**Minna** (sieht durch die Glasthür). Herr Timpel ist in Sicht! (Verschwindet.)

**Paul.** Laß mich allein, Schatz, der nächste Augenblick entscheidet über unser Glück!

**Emma.** Widersprich nur nicht — Papa duldet keine Opposition. (Rechts I ab.)

**Paul.** Scheint ja ein recht angenehmer Herr zu sein.

## 10. Scene.
### Paul, Timpel.

**Timpel** (erscheint auf der Terrasse, nach hinten sprechend). Ich wiederhole Dir, Röschen, die Geschichte mit dem „Retter in der Noth" paßt mir nicht — damit basta! (Tritt vor.) Sobald der eindrucksvolle Schnurrbart auf der Bildfläche erscheint, passirt etwas! — (Bemerkt Paul.) Nanu? Da ist ja schon Einer? Ob's der ist?

**Paul.** Ich habe das Vergnügen Herrn Timpel zu sehen?

**Timpel.** Ja — das Vergnügen ist auf Ihrer Seite!

**Paul.** Ohne Zweifel hat Ihnen Ihr Fräulein Tochter bereits mitgetheilt, daß wir uns unter eigenthümlichen Umständen kennen gelernt haben.

**Timpel** (für sich). Eigenthümliche Umstände? — Er ist's — in fünf Minuten liegt er draußen! (Laut.) Jawohl, junger Mann, ich weiß Alles, und ich muß sagen, es war durchaus nicht hübsch von Ihnen, daß Sie den leichtsinnigen Streich meiner Tochter mit Hilfe Ihres Portemonnaies unterstützten.

**Paul** (stutzt). Sie meinen?

**Timpel.** Ich meine den Durchgang.

**Paul.** Welchen Durchgang?

**Timpel** (ärgerlich). Na — den Durchgang der Venus nicht, mein Herr — — ich spreche von meiner Tochter. —

**Paul.** Nun wohl, Herr Timpel, ich will offen und kurz sein; ich liebe Ihre Tochter!

**Timpel** (schreit auf). Ha! Das geht fix — also Sie lieben Sie?

**Paul.** Ehrlich und aufrichtig und ich darf hinzufügen: ich werde wiedergeliebt!

**Timpel.** Wiedergeliebt? Das ist 'ne colossale Arroganz! Sie glauben also, Sie haben sich mit Ihrem lumpigen Billet das Entrée zum Herzen meiner Tochter gelöst?

**Paul.** Billet? Von welchem Billet reden Sie?

**Timpel** (schreit). Na, von dem Eisenbahnbillet II. Klasse — macht 12 Mark 20 — da nehmen Sie. — (Will ihm Geld geben.)

**Paul.** Herr Timpel, Sie sind im Irrthum.

**Timpel.** So, dann sind Sie wohl III. Klasse gefahren — das macht nur 8 Mark 60 Pf. — um so besser — da — (Reicht ihm das Geld.)

**Paul.** Sie verkennen mich —

**Timpel.** Im Gegentheil, ich kenne Sie ganz genau — Sie sind 24 Jahre, sehr schüchtern, militärfromm und unbestraft — —

**Paul** (heftig). Nein!

**Timpel.** Also nicht 'mal unbestraft — na, Sie müssen es wissen! — Sie erschienen meiner Tochter als „Retter in der Noth", das war höchst unnöthig.

**Paul.** Aber Herr Timpel — —

**Timpel** (heftig). Unnöthig war's! Verlangen Sie mehr von mir, als die Erstattung Ihrer baaren Auslagen, so thut es mir sehr leid, Ihnen ein kräftiges „Non possumus" zuzuschleudern!

**Paul.** Das ist ja Alles Unsinn.

**Timpel** (schreit). Unsinn? Herr — ich bin Stadtverordneter! — Hier nehmen Sie Ihre 8 Mark 60 Pf. und in Zukunft betrachten Sie mein Haus mit Gas und Wasserleitung als Luft — Luft — Luft — womit ich die Ehre habe, mich Ihnen bestens zu empfehlen! Guten Morgen. (Links III ab. Hat ihm das Geld in die Hand gedrückt.)

**Paul** Aber Herr Timpel! Ja, was ist denn das? Ich will die Hand seiner Tochter und er gibt mir 8 Mark 60 Pf.? Hier herrscht ein Mißverständniß, welches Emma sofort aufklären muß. (Rechts I ab.)

## 11. Scene.

**Geier, Kurt** durch die Mitte.

**Kurt.** Nochmals, Geier, ich finde meine Handlungsweise höchst unwürdig!

**Geier.** Unwürdig — mag sein, aber sehr praktisch! Dieser Timpel gibt seiner Tochter eine enorme Mitgift, die können Sie brauchen!

**Kurt.** Sie wollen sagen, die können S i e brauchen. Aber ich liebe doch —

**Geier.** Meinetwegen! Lieben Sie die Eine, aber heirathen Sie die Andere! Ich habe auch geliebt — 50.000 Mark in guten Papieren habe ich geliebt — ja, ich liebe sie noch und wenn Sie mir diese Summe nicht binnen vierzehn Tagen zurück= zahlen, so ruinire ich Sie, ich mache Sie moralisch todt, dann können Sie sehen, wo Sie bleiben. Vielleicht bekommen Sie später noch 'ne Anstellung bei der Wasserleitung, da können Sie Ihre Pumpgeschäfte mit ungeschwächten Kräften fortsetzen! (Mitte ab.)

## 12. Scene.
### Kurt, dann Timpel.

**Kurt.** Eine abscheuliche Situation und ich kann nichts thun. Er hat mich in Händen. O, ich wollte, ich wäre am Nordpol, dort wäre ich frei, könnte meine gute Frida heirathen, für sie arbeiten und glücklich sein! Ach, es ist zum ver= zweifeln! (Setzt sich rechts.)

**Timpel** (von links III). Aha, da sitzt ja mein siebenfach gezackter Schwiegersohn! — Wie glücklich der Mensch aus= sieht — na ja, 's ist kein Wunder — so 'n Schwiegervater wie ich, ist auch 'ne Seltenheit! (Klopft Kurt auf die Schulter.) Willkommen in meinem Hause mit Gas und Wasserleitung! Na, wie gefällt Ihnen mein château? Pik — wie? Ja, das wird aber Alles noch viel pfer — über die Thüren kommt Ihr Wappen, die Krone und Ihre Devise. — Sie haben doch 'ne Devise — wie?

**Kurt** (lachend). Nein Herr Timpel.

**Timpel.** Dann müssen Sie sich eine anschaffen, mein Schwiegersohn muß 'ne Devise haben!

**Kurt.** Lieber Herr Timpel, seien Sie versichert, daß ich Sie außerordentlich hochschätze.

**Timpel.** Daran bin ich gewöhnt — die Steuer=Behörde schätzt mich sogar viel zu hoch!

**Kurt.** Es ist gewiß sehr ehrenwerth, Mitglied Ihrer Familie zu werden.

**Timpel.** Das will ich meinen! Ueber meine Familie läßt sich gar nichts sagen! Sehen Sie — ich könnte ebenso gut von Adel sein wie Sie, wenn zufällig ein Baron mein Vater geworden wäre.

**Kurt.** Bester Herr Timpel, lassen Sie mich Ihnen reinen Wein einschenken!

**Timpel.** Reinen Wein — also ungegypft — bitte.

**Kurt.** Außer meinem Adel besitze ich nichts!

**Timpel.** Ist das Alles? — Das macht nichts, lieber Schwiegersohn, mir genügt der Adel! Sie haben Vorfahren und ich kann vorfahren — das harmonirt!

**Kurt.** Aufrichtig gestanden, ich bin immer noch im Zweifel, ob Ihre Tochter mich wirklich liebt.

**Timpel.** Unbesorgt — Sie gefallen m i r und meine Tochter hat meinen Geschmack! Sie müssen nur näher mit ihr bekannt werden — das Kind ist noch zu schüchtern — natürlich — es ist ihre erste Verlobung, ihr fehlt noch die Routine. — Wissen Sie was, Schwiegersohn, gehen Sie in den blauen Salon — ich schicke Ihnen meine Emma hinein — da können Sie sich ganz ungestört aussprechen. —

**Kurt.** Wäre es nicht besser, Sie ließen Ihrer Tochter noch etwas Zeit? — Schon Schiller sagt:

„D'rum prüfe, wer sich ewig bindet —
Ob sich das Herz zum Herzen findet." —

**Timpel** (einfallend). Das findet sich! — Derselbe Dichter behauptet auch:

„Denn wo das Strenge mit dem Zarten,
Wo Starkes sich und Mildes paarten,
Da gibt es einen guten Klang!"

Sie sind stark — meine Tochter ist milde — also lassen Sie's klingen! (Schiebt Kurt in die Thür links IV.) Warten Sie nur, ich schicke Ihnen meine Tochter! — So, den muß man auch zu seinem Glücke zwingen! — Jetzt schnell meine Emma geholt, damit sich „Herz zum Herzen findet!" (Ruft.) Emma! Emma!

## 13. Scene.

**Röschen**, dann **Flieder.**

**Röschen** (von links III). Niemand hier? Ich hörte doch sprechen! — Papa ist recht grausam — er hat meinem „Retter in der Noth" wie er mir triumphirend erzählte, das Haus verboten. — Schade, ich hätte den hoffnungsvollen Schnurrbart gern noch einmal gesehen, natürlich nur, um ihm nochmals danken zu können.

**Flieder** (im Frackanzug durch die Mitte, etwas schüchtern). Ich finde den Weg allein. Guten Morgen, Herr Timpel.

Ach, das ist ein Fräulein. Ah, sehe ich recht — Sie hier, mein Fräulein — das nenne ich Glück!

**Röschen.** Wie mein Herr, Sie wagen sich noch einmal in die Höhle des Löwen?

**Flieder.** In die Höhle des Löwen? — Wer ist der Löwe?

**Röschen.** Mein Papa, er ist wüthend auf Sie!

**Flieder.** Auf mich?

**Röschen.** Sie haben es ja selbst erfahren — er hat Ihnen doch unser Haus verboten.

**Flieder.** Wer?

**Röschen.** Mein Papa.

**Flieder.** Mir? Entschuldigen Sie, das ist ein Irrthum! Noch kenne ich Ihren Papa gar nicht.

**Röschen.** Aber er hat Ihnen doch vorhin Ihre Auslagen ersetzt?

**Flieder.** Entschuldigen Sie, das ist ein Irrthum. Der Zufall führt mich hierher — Herr Timpel ist Stadtverordneter — ich habe eine Eingabe an den Magistrat gemacht, um in dieser Straße eine Apotheke zu errichten. —

**Röschen.** Sie sind Apotheker?

**Flieder.** Ich bin so frei! Ich komme, um Ihren Herrn Papa um seine Fürsprache zu bitten.

**Röschen.** O weh! — Mein Papa kann die Apotheker nicht leiden.

**Flieder.** Ich auch nicht, wegen der großen Concurrenz.

**Timpel** (hinter der Scene). Emma, Emma!

**Röschen.** Mein Papa kommt, er darf Sie nicht sehen — ich muß ihn erst vorbereiten — bitte, verstecken Sie sich.

**Flieder.** Aber — —

**Röschen.** Nur einen Augenblick (eilt zur Thür rechts II und läßt die Portièren herunter) hier — so kommen Sie doch.

**Flieder.** Ich begreife nicht, weshalb. —

**Röschen.** Später! Später! (Steckt ihn hinter die Portière.) So, der ist besorgt und aufgehoben. — (Setzt sich zum Klavier und phantasirt.)

## 14. Scene.

**Vorige, Timpel** von links III.

**Timpel.** Emma! Wo steckt denn das Mädchen? — Hast Du Emma nicht gesehen?
**Röschen** (spielt). Nein Papa!
**Timpel.** Was spielst Du denn?
**Röschen.** Ich phantasire.
**Timpel.** Bist Du krank?
**Röschen.** Ja Papa — herzleidend — (elegisch) der Schnurrbart hat mir's angethan!
**Timpel.** 's ist unglaublich — so 'n Artikel, der nur für Friseure Interesse hat! — Röschen — da drin ist Dein freiherrlicher Schwager — ich suche Emma — er will ihr seine Liebe erklären; solltest Du Emma sehen, dann schicke sie da hinein — verstanden?
**Röschen** (immer spielend). Ja Papa!
**Timpel.** Emma! Emma! (Mitte ab.)

## 15. Scene.

**Röschen, Flieder,** dann **Kurt.**

**Röschen** (steht auf). Hahaha. Das ist komisch. Emma promenirt mit dem Doctor im Garten und ihr Verlobter will ihr dort Liebe erklären. — Diese Erklärung muß ich verhindern!
**Flieder** (guckt durch die Portière). Darf ich jetzt?
**Röschen.** Bleiben Sie da, bis die Luft rein ist!
**Flieder** (verschwindet). Aber mein Fräulein!
**Röschen** (klopft an die Thür links IV). Einen Augenblick, mein Herr!
**Kurt** (von links IV). Sie rufen mich?
**Röschen.** Ja mein Herr, ich bin Röschen, das jüngste Kind vom Hause Timpel. — Sie sind der „siebenfach gezackte" Freiherr von Lindeck?
**Kurt.** Aufzuwarten!
**Röschen.** Sie wollen meine Schwester heirathen?
**Kurt.** Ich will nicht — ich soll — ich muß!

**Röschen.** Wer zwingt Sie dazu?

**Kurt.** Ein Geheimniß!

**Röschen** (für sich). Wieder ein Geheimniß — das muß ich ergründen! (Laut.) Ich weiß, Sie warten auf meine Schwester?

**Kurt.** Ja — Ihr Papa wünscht, daß ich mich mit Fräulein Emma ausspreche.

**Röschen.** Liegt Ihnen viel an dieser Unterhaltung?

**Kurt.** Warum fragen Sie?

**Röschen.** Ich wollte Sie bitten, mir dieses Zimmer zu überlassen.

**Kurt.** O, mit Vergnügen! (Will gehen.)

**Röschen.** Es liegt Ihnen also nichts an einer Verbindung mit meiner Schwester?

**Kurt.** Offen gestanden — nichts!

**Röschen.** Gut! Sie werden also meine Schwester nicht heirathen! Ich werde das verhindern!

**Kurt.** Sie wollen?

**Röschen.** Ein Bischen Mascotte spielen und Ihr Glücksengel sein! Jetzt bitte ich Sie, mich allein zu lassen!

**Kurt.** Das ist ja ein eigenthümlicher kleiner Kobold! Adieu, Sie moderne Mascotte! (Mitte ab.)

## 16. Scene.

### Röschen, Flieder, dann Paul.

**Röschen.** Ich habe eine brillante Idee!

**Flieder** (guckt vor). Darf ich jetzt?

**Röschen.** Noch nicht — nur noch einen Moment Geduld! (Flieder verschwindet, sie eilt zur Glasthür und winkt hinaus.) Pst! Pst! Herr Doktor! Schnell — kommen Sie herein — er nickt — er hat mich verstanden — er kommt hierher! (Geht zur Portière.) Sie sind also wirklich Apotheker?

**Flieder** (guckt vor). Ja — erster Klasse.

**Röschen.** Pst! Verschwinden Sie!

**Paul** (durch die Glasthür). Sie riefen mich, Fräulein Röschen?

**Röschen.** Ja, Herr Doktor; der Papa sucht Emma!

**Paul.** Er hat sie schon gefunden — zum Glück sah er mich nicht; aber jetzt muß ich gehen.

**Röschen.** Im Gegentheil — Sie bleiben.

**Paul.** Hier?

**Röschen** (zeigt nach links IV). Dort.

**Paul.** Aber weshalb?

**Röschen.** Gehen Sie nur hinein, Sie werden schon sehen!

**Paul.** Nun gut — ich thue Alles, was Sie wollen! (Ab links IV.)

## 17. Scene.

**Röschen, Flieder,** dann **Timpel, Emma.**

**Röschen.** So — nun kann's hübsch werden!

**Flieder** (guckt vor.) Darf ich jetzt?

**Röschen.** Kopf weg — mein Papa kommt!

(Flieder verschwindet.)

**Timpel** (mit Emma durch die Glasthür). Aber Emma, so ziere Dich doch nicht — was hast Du denn an dem Mann auszusetzen — he? Ist er nicht schlank gewachsen, wie 'ne Tanne, und dann bedenke doch, blaues Blut rollt in seinen Adern.

**Emma.** Meinetwegen — aber ich liebe den Mann nicht.

**Timpel.** Das kommt mit der Zeit, Emma — jetzt geh' da hinein, er erwartet Dich, um Dir seine Liebe zu gestehen.

**Emma.** Nein Papa, das thue ich nicht.

**Röschen** (leise). Thu's nur — Paul ist dort!

**Emma** (schreit auf). Ha!

**Timpel.** Weshalb schreist Du denn?

**Emma.** Ach Papa, ich schäme mich!

**Timpel.** Aber Kind, 's ist ja doch Dein Verlobter, Du mußt doch Deinen Zukünftigen kennen lernen.

**Emma.** Aber Papa, wenn der da drinnen nun meine Hand drückt.

**Timpel.** Laß sie drücken, ich erlaube Dir sogar, sie wieder zu drücken.

**Emma.** Und wenn er mich küßt?

**Timpel.** Als Dein Verlobter hat er das Recht dazu — also vorwärts, dort winkt Dir das Glück.

**Emma.** Gut Papa, ich will Alles thun, was Du befiehlst! (Links IV ab.)

**Timpel** (macht die Thür zu). So — das habe ich wieder sehr schlau gemacht! — Ich bin überzeugt, in fünf Minuten sind die ein Herz und eine Seele!

**Röschen.** Das glaube ich auch!

**Timpel.** Nun wollen wir doch einmal sehen, was unser Pärchen macht. — (Horcht an der Thür links.) Aha — das war ein Kuß, da noch einer — ein wahres Peloton=feuer, das ging schneller, als ich dachte!

## 18 Scene.

**Vorige, Geier, Kurt, dann Paul, Emma.**

**Geier** (mit Kurt durch die Glasthür). Aber lieber Timpel, wo stecken Sie denn?

**Timpel.** Viktoria, Geierchen, endlich haben sich ihre Herzen gefunden.

**Geier.** Welche Herzen?

**Timpel.** Meine Emma und der Freiherr küssen sich da drinnen, daß es eine wahre Freude ist!

**Kurt** (tritt vor). Wie? Ich küsse da drinnen?

**Timpel** (schreit auf). Ha! Sie — Sie sind hier? — Ja, wer küßt denn da. (Oeffnet die Thür links IV.)

**Emma** (mit Paul auftretend). Papa!

**Paul.** Herr Timpel — —

**Timpel.** Ha! Sie haben meine Tochter geküßt?

**Paul.** Ich kann's nicht leugnen!

**Timpel.** Herr — —

**Emma.** Aber Papa, Du hast mich ja selbst dazu hineingeschickt —

**Timpel.** Still — Sie sind ein Casanova mein Herr — bei meiner Jüngsten spielen Sie den „Retter in der Noth". —

**Röschen.** Nicht doch Papa, das ist ja gar nicht mein Schnurrbart.

**Timpel.** Nicht, Sie haben meiner Tochter kein Eisenbahnbillet gelöst?

**Flieder** (tritt vor). Entschuldigen Sie, das war ich!

**Timpel.** Sie? (Zu Paul.) Geben Sie mir 'mal die 8 Mark 60 zurück! (Zu Flieder.) Wie kommen Sie hinter meine Portière — wer sind Sie? He?!!

**Flieder** (eingeschüchtert). Mein Name ist Bruno Flieder, ich bin Apotheker und wollte —

**Timpel** (einfallend). Was sind Sie?

**Flieder.** Apotheker — meine Zeugnisse — (langt in die Brusttasche und setzt seinen Cylinder auf einen Stuhl).

**Timpel.** Ein Giftmischer, entsetzlich!

**Röschen.**
**Emma.** } Aber Papa.

**Timpel.** Still! (Zu Röschen.) Du kommst wieder in die Pension zurück — und Du —

**Emma.** Ich heirathe meinen Rechtsanwalt.

**Timpel.** Rechts — Rechtsanwalt und Apotheker? Das ist mein Tod. (Läßt sich in den Stuhl fallen, auf welchen Flieder's Hut liegt, springt wieder auf) Was ist denn das?

**Flieder** (den zerdrückten Hut nehmend). Entschuldigen Sie — nur mein Cylinder!

**Alle** (lachen). Hahaha!

(Der Vorhang fällt.)

Ende des ersten Actes.

# 2. Act.

Dieselbe Decoration.

## 1. Scene.

**Timpel, Schnudel,** dann **Emma.**

**Timpel** (von rechts I mit verbundenem Gesicht, ruft durch die Glasthür). Schnudel, Schnudel.

**Schnudel** (durch die Mitte). Was gibt's denn?

**Timpel.** Dumme Frage! Du siehst, was es gibt — Zahnschmerzen!

**Schnudel** (trocken). Wo?

**Timpel.** Wo? Du bist ein Esel, Schnudel! Hast Du schon mal Zahnschmerzen in der großen Zehe gehabt? (Schreit auf.) Ha, das wurmt und sticht! Alle möglichen und unmöglichen Mittel habe ich schon versucht — nichts hilft!

**Schnudel.** Sie sollten 'mal Opodeldok einnehmen, vielleicht hilft das!

**Timpel.** Unsinn! Wäre nur der Apotheker da.

**Schnudel.** Soll er Ihnen ein Recept brauen?

**Timpel.** Nein, aber wenn ich den Menschen sehe, ärgere ich mich und wenn ich mich ärgere, hören die Zahnschmerzen auf, na, schon der bloße Gedanke an den Giftmischer macht mich ungeheuer vergnügt! (Nimmt das Tuch ab und schneidet eine vergnügte Grimasse.)

**Schnudel.** Na, da ist der Pillendreher doch zu etwas gut!

**Timpel.** Meine Tochter hast Du also glücklich in die Pension zurückgebracht!

**Schnudel.** Das versteht sich! Das Fräulein jammerte zwar sehr, aber ich blieb hart wie Stein!

**Emma** (von links). Papa, Du hast also Röschen wirklich wieder in die Pension geschickt?

**Timpel.** Natürlich, dem Mädchen fehlte noch die natürliche Reife!

**Emma.** Aber Papa, was kann sie dafür, daß der Mann, der ihr gefällt, ein Apotheker ist.

**Timpel.** Fängst Du schon wieder von dem Giftmischer an!

**Emma.** Ich hatte mich so gefreut, daß Röschen hier war, es war doch Jemand da, dem ich mein Herz ausschütten konnte!

**Timpel.** Schütte immerzu, mein Kind, wozu wäre denn Dein Vater da? Außerdem bekommst Du 'ne Gesellschafterin — 'ne Gouvernante — nicht wahr Schnudel, das Inserat ist doch besorgt?

**Schnudel.** Schon seit gestern!

**Emma.** Aber Papa, wozu brauche ich noch eine Gouvernante?

**Timpel.** Wozu? Um den höheren Pli zu lernen — savoir-vivant — mit einem Wort Dein bon-ton ist noch nicht bon bon!

**Emma.** O, für meinen Paul besitze ich bon-ton genug!

**Timpel.** Eh! Kommst Du schon wieder mit Deinem Paul! Na ja, nun fangt's wieder an. (Bindet sich das Tuch um.) Der bloße Gedanke an den Prozeßmenschen macht mich krank!

**Emma.** Aber Papa . . .

**Timpel.** Still, Du wirst Dir diesen Paul abgewöhnen — ein Mensch, der sich vom Unfrieden seiner Mitmenschen ernährt, ist mir ein Greuel!

**Emma.** Papa, Du bist im höchsten Grade ungerecht und wenn Du damals Deinen Prozeß nicht verloren hättest?

**Timpel** (einfallend). Reden wir nicht davon — daß ich den Prozeß verloren, war mir ja egal, aber daß ihn mein Gegner gewonnen, das hat mich geärgert. Schlage Dir den Rechtsanwalt aus dem Sinn — Du bist viel zu gut für den — dieses Haupt ist geforen eine Krone mit sieben Zacken zu tragen! Bedenke doch, wie famos sich das ausnehmen muß, wenn Deine Visitenkarten lauten: „Emma,

Freifrau von, zu und auf Lindeck, née Timpel." Da liegt Musik darin! (Emma will reden.) Pst rede nicht, ich habe Sehnsucht nach einem Stammbaum und will blaues Blut in meiner Familie haben. Damit basta! (Rechts ab.)

## 2. Scene.
**Vorige, ohne Timpel, dann Geier.**

**Emma.** Oh weh! Der Papa ist in den Gedanken, mich als Gattin dieses Freiherrn zu sehen, ganz verliebt! O, mein Gott, wie soll das werden!

**Schnudel** (kommt vor). Gut wird's, Fräulein Emma, Fräulein Röschen hat sich vorgenommen, Ihr Glücksengel zu sein, und wenn sich Fräulein Röschen was vornimmt, das setzt sie auch durch!

**Emma.** Aber was kann sie thun, jetzt in der Pension?

**Schnudel** (leise). Im Vertrauen — ich glaube sie ist gar nicht dort!

**Emma.** Aber Du selbst hast sie doch hingebracht.

**Schnudel.** Ja, ich sollte, aber auf dem Bahnhof flüsterte Fräulein Röschen mir zu: „Schnudel, mach die Augen zu!" Ich that's und als ich aufblickte, — war sie (macht Bewegung) verschwunden — perdu. Da, diesen Zettel hat das Fräulein mir noch für Sie gegeben. (Gibt einen Zettel.)

**Emma** (liest). „Muth, und vertraut Eurer Mascotte!" Ja, ich will meiner Schwester vertrauen, vielleicht gelingt es ihr, den Papa von seiner Marotte zu kuriren! (Links ab.)

**Geier** (durch die Mitte). War das nicht die glückliche Braut, die eben von Ihnen ging?

**Schnudel** Ja, aber das Mädchen hat einen zu kurzsichtigen Geschmack — ich habe ihr nun den Freiherrn in den schönsten Farben geschildert, sie aber meint: „er wäre ihr zu grün."

**Geier.** Grün. — Dummes Zeug! Soll er etwa grau sein?

**Schnudel.** Nee, aber vielleicht läßt sie ihn so lange warten, bis er schwarz wird!

**Geier.** Apropos, lieber Schnudel, die kleine Timpel ist fort?

**Schnabel.** Ja Herr Geier, ich habe sie selbst zur Pension gebracht.

**Geier.** Das ist gut, der Backfisch war ein unausstehlicher Gelbschnabel!

## 3. Scene.

**Geier, Schnabel, Minna** durch die Mitte, dann **Röschen.**

**Minna.** Herr Geier, draußen steht ein Mädchen und fragt nach Ihnen!

**Geier.** Ein Mädchen?

**Minna.** Ja, eine Schwäbin.

**Geier.** Endlich ist sie da, schnell herein mit ihr!

**Minna.** Schön Herr Geier! (Im Abgehen zu Schnabel.) Der wird sich wundern! (Mitte ab.)

**Geier.** Ich bin sehr neugierig, was aus dem Mädchen geworden ist.

**Schnabel.** Sie kennen die Schwäbin persönlich?

**Geier.** Ja, das heißt — ich habe sie vor circa zehn Jahren gesehen, ihre Mutter schreibt mir, daß sich ihr Lorle sehr entwickelt habe.

**Röschen** (als Schwäbin, erscheint in der Glasthür).

**Schnabel.** Da ist sie schon. (Geht zu ihr.)

**Röschen.** Grüß' Di Gott, konnscht mir net sage, wo i den Herrn Geier finde?

**Schnabel** (sie erkennend). Alle Wetter, das ist ja — —

**Röschen** (winkt still zu sein). St! — (Laut.) No, was schaut mi denn das Herrle so an, wie die Kuh das neuge Thorle, hascht no ka schäbisch Maidle gesehe?

**Schnabel.** O ja! (Für sich.) Sie schaut brillant aus! (Laut.) Da steht der Geier. (Für sich.) Das wird 'ne tolle Komödie, ich verschwinde. (Ab.)

## 4. Scene.

**Geier, Röschen.**

**Röschen** (geht vor und knixt). Grüß Gott Herr Geier, i soll schön grüße von mei Mutterle und Sie möchte mir nur Alles sage, was ich mache soll, i werd Alles ausführe, daß es a wahre Freud sein soll.

**Geier** (fixirt sie). So — so — Du bist also das Lorle Bluest?

**Röschen.** Bluescht -- freili.

**Geier.** Merkwürdig, als ich Dich früher sah, da hattest Du dunkelbraunes Haar und jetzt?

**Röschen.** Freili — 's ischt scho recht! — Wisse Sie, zuerscht han i a paar Zöpfle gehabt, wie die Kastanien, aber da han i a Fieber bekomme und als i aufwache thue, o du mei, wie han i da ausgesehe? Mei schöne Zöpfle ware weiß geworde, wie Schnee und erscht später habe sie wieder so a röthliche Farb' bekomme wie itzt.

**Geier.** Sonderbar — auch kleiner kommst Du mir vor und jünger.

**Röschen.** Freili, das hat alles das Fieber gemacht -- erscht war i so groß, aber nachher bin i a Bissle eingegange, — aber wann i a klein bin, mei Verschtand ischt mächti groß.

**Geier.** Du sollst es auch zu etwas bringen, Mädel, bist ja ein ganz netter Kerl. (Will sie in die Backen kneifen.)

**Röschen** (schlägt ihm auf die Finger). Gehscht weiter — i laß mi net antalpsche vom Erschte Beschte — noi — i han a mei Reputatschion!

**Geier.** Na, na -- nur nicht so grob. — Du kommst also hier in den Dienst, mußt mir aber treu sein und mir Ehre machen.

**Röschen.** Freili, i werde Jhne scho koi Schand mache — i verschteh Alles, aber das Melke verschteh i am Beschte.

**Geier** (für sich). Das Mädel ist dumm, aber Dummheit erweckt Vertrauen! (Laut) Lorle, Deine Mutter schreibt mir, daß Du schlau bist.

**Röschen.** Freili — i hör' das Gras wachse.

**Geier.** Also paß auf, was Du zu thun hast. Die Tochter vom Hause ist verliebt, verstehst Du?

**Röschen.** Noi — was ischt die Tochter?

**Geier.** Verliebt — sie hat einen Schatz. — --

**Röschen** (zeigt mit dem Finger). Nur ein Schätzle?

**Geier.** Ist das nicht genug? Du hast wohl mehrere?

**Röschen.** Freili — i han scho — (Zeigt die fünf Finger.) fünf Schätzle gehabt, aber 's ischt a Kreuz mit die

Schätzle! (Fängt zu heulen an.) I han ihne mei Bätzle gebe und a Küßle und no a Küßle und no a Küßle — huhuhu! (Heult, nach und nach in Lachen übergehend.) Hahaha! Aber gestorbe bin i net daran! Also das Fräule hier hat a Schätzle?

**Geier.** Da das Fräulein ihren Schatz nicht sehen darf, wird sie ihm schreiben. — Diese Briefe bringst Du mir. — Ueberhaupt wirst Du mir Alles hinterbringen, was das Fräulein thut und treibt, verstanden?

**Röschen.** Ei, freili — i bin ja net taub — Sie könne sich ganz auf mich verlasse, i han's faustdick hinter beide Ohrle!

**Geier.** Noch eins, Lorle! So lange Du hier im Dienst bist, dulde ich's nicht, daß Du Dir einen Schatz anschaffst!

**Röschen** (derb). Was habe Sie gesagt? Sie wolle es nit leide, daß i mir a Schätzle anschaffe? Glaube Sie denn, ich han koi Herzle? No das wär' mir a rechte Freud', wann i hier, wo's Militär wild wachse thuat, nit a Bißle scharmuzire derft! Noi, mei lieb's Herrle, 's Lorle will a sei Vergnüge habe und wenn Sie 's mir nit erlaube, dann solle Sie Schwabestreiche kenne lerne! — Grüß Gott! (Schnell Mitte ab.)

**Geier** (ihr nach). Lorle! Lorle! So höre doch! — Das ist ja ein Teufelsmädel! (Mitte ab.)

## 5. Scene.

**Emma, Frida.** Beide durch die Glasthür, dann **Röschen**.

**Emma.** Bitte, mein Fräulein, wollen Sie nicht näher treten!

**Frida** (Geier nachblickend). Einen Augenblick — nein — nein — ich täusche mich nicht — er war es! (Tritt vor.) Verzeihen Sie, kennen Sie den Herrn, der soeben an uns vorüber ging?

**Emma.** Das war ein gewisser Geier.

**Frida.** Geier? Er ist es! O mein Gott!

**Emma.** Sie kennen diesen Herrn!

**Frida.** O, nur zu gut — durch seine Schlechtigkeit bin ich gezwungen, mich jetzt um einen Platz als Gesellschafterin zu bemühen.

**Emma.** Wie dieser Mensch ist — ?

**Frida.** Ein wahrer Teufel in Menschengestalt. — Er wußte sich so bei meinem Vater einzuschmeicheln, daß dieser ihn bei seinem Tode zum Universalerben einsetzte.

**Emma.** Ah — und Ihre Mutter — ?

**Röschen** (erscheint von links IV und bleibt horchend im Hintergrund stehen).

**Frida.** Meine Mutter hatte diesen Geier in Verdacht, daß er das echte Testament unterschlagen und ein falsches untergeschoben habe. — Wir führten einen Prozeß, verloren ihn aber, weil uns die Beweise seiner Schuld fehlten. — Glauben Sie mir, mein Fräulein, wehe der Familie, in welche sich dieser Geier einnistet!

**Emma.** Kommen Sie auf mein Zimmer, mein Fräulein — dort sind wir ungestört — Sie müssen mir noch mehr von diesem Menschen erzählen, denn er steht im Begriff, auch mein Lebensglück zerstören zu wollen.

**Frida.** Sie sollen Alles erfahren! (Beide links IV ab.)

## 6. Scene.
### Röschen, dann Schnudel.

**Röschen** (kommt vor). Das ist ja eine werthvolle Entdeckung, die ich da gemacht! — Dieser Geier ist ein Pracht-Exemplar der Schöpfung!

**Schnudel** (durch die Mitte). Fräulein Röschen, sind Sie es denn wirklich?

**Röschen.** Ja, ich bin's -- Röschen, der Kobold — das enfant terrible des Hauses Timpel.

**Schnudel.** Und in diesem Costume?

**Röschen.** Ja — ich will doch nun einmal Euer Glücksengel sein und da Papa so grausam war, mich wieder in die Pension zu schicken, so muß ich zur Maskerade meine Zuflucht nehmen. Vom Bahnhof fuhr ich zu meiner Tante, dort machte ich mir meinen Plan und verschaffte mir dieses Costume! Zum Glück besitze ich außer meiner angeborenen Neugierde noch etwas Talent zum Comödiespielen — das soll mir helfen, diesen Geier zu entlarven! — Wie geht's dem Papa?

**Schnudel.** Er hat Zahnschmerzen.

**Röschen.** Oh, und meine Schwester?

**Schnudel.** Ist untröstlich, daß Sie wieder in die Pension mußten. Ihr Papa sucht als Ersatz eine Gesellschafterin für Fräulein Emma!

**Röschen.** Eine Gesellschafterin? Gut, ich werde für ein Muster-Exemplar sorgen! (Zögernd.) Schnudel, war denn der — der junge Mann schon wieder da?

**Schnudel.** Welcher junge Mann?

**Röschen.** Der Apotheker — ich glaube Flieder heißt er.

**Schnudel.** Ach so — der — bis jetzt noch nicht, aber wenn man vom Wolf spricht — (zeigt durch die Glasthür) da kommt er!

**Röschen.** Wahrhaftig — gehen Sie Schnudel, ich will mir einen Scherz mit diesem wackeren Apotheker machen — sagen Sie ihm nicht, wer ich bin. (Setzt sich rechts.)

**Schnudel.** Schön, Fräulein Röschen! (Für sich.) S'ist ein Kobold, das Mädchen! (Geht zur Glasthür, öffnet diese, Flieder tritt auf.)

## 7. Scene.

**Vorige, Flieder** in Visitentoilette.

**Flieder.** Ist Herr Timpel zu Hause?

**Schnudel.** Ja — er ist zu Hause, aber außer sich!

**Flieder.** Ah, und darf man fragen weshalb?

**Schnudel.** Er hat Zahnschmerzen.

**Flieder.** Das thut mir leid!

**Schnudel.** Ihm auch).

**Flieder** (bemerkt Röschen). Wer ist denn das?

**Schnudel.** Eine Schwäbin, die Herr Timpel auf seiner Reise engagirt hat. — Soll ich Sie melden?

**Flieder.** O, das eilt nicht — wenn Herr Timpel Zahnschmerzen hat, so warte ich lieber!

**Schnudel.** Bis die Schmerzen vorbei sind, na, dann viel Vergnügen! (Mitte ab.)

**Flieder.** Danke.

## 8. Scene.

**Vorige,** ohne **Schnudel.**

**Flieder** (fixirt Röschen, die ihm den Rücken zukehrt). Eine Schwäbin — scheint ein ganz nettes Kind zu sein! S'ist

komisch, für diese Kinder der Natur habe ich eine eigen=
thümliche Sympathie.

**Röschen** (singt vor sich hin).
„A Maidle aus Schwabe,
A schwäbisches Bluet,
Das ischt allweil luschti,
Weil das Herzle ischt guet. —
Und weil i aus Schwabe,
D'rum bin i au froh,
Die schwabische Maidles
Sein alleweil so!"

**Flieder** (tritt zu ihr). Bravo! Allerliebst!

**Röschen** (springt auf). Ach, du lieb's Herrgöttle — bin
i erschrocke. Da ischt a Männle und i han gemeint, i wär
mutterseelen allein.

**Flieder** (erstaunt). Ja, wie i't mir denn? Dieses Gesicht,
die Figur — ja, ja, sie ist's, nicht wahr, Sie sind's?

**Röschen.** Nu freilich bin ich's — das Lorle. Aber
was gucke das Herrle mich denn so an, als ob i a Geischt
wär' — 's ischt net wahr — bei mir ischt von Geischt koi
Spur.

**Flieder** (fixirt sie). Sonderbar, höchst sonderbar! —
Also Sie heißen Lorle?

**Röschen.** Freili — Lorle Blueschi.

**Flieder** (ungeschickt nachsprechend). Blu—e—schi?

**Röschen.** Blueschi!

**Flieder.** Ein sehr stilvoller Name. — Haben Sie
immer Blueschi geheißen?

**Röschen.** Freili — mei Vaterle und au mei Groß=
vaterle han au Blueschi geheiße, das liegt so in unserer
Familie.

**Flieder** (bei Seite). Nein — sie ist es nicht! (Laut.)
Wissen Sie, kleiner Goldfuchs, daß Sie eine große Aehn=
lichkeit besitzen.

**Röschen.** I han a Aehnlichkeit? O, mei — des hat
no koi Herrle gefunde; mit wem hab' ich denn a Aehnlichkeit?

**Flieder** Mit einem jungen, allerliebsten Mädchen,
daß einen großen Eindruck auf mein Herz gemacht hat.

**Röschen.** Auf Ihr Herzle?

**Flieder.** Nicht kitzeln. — Ja, ich glaubte, ich hätte mich schon in das kleine Mädchen verliebt. —

**Röschen.** Sie glaubten? 's ischt nit wahr?

**Flieder.** Ich weiß nicht — ich zweifle daran, seitdem ich Sie gesehen habe.

**Röschen.** Mich? (Bei Seite, im natürlichen Ton.) Na warte! (Laut.) Wisse Sie, Sie müsse Du zu mir sage, sonst glaub' i, daß Sie mi fixire wolle.

**Flieder.** Ich soll Du zu Ihnen sagen? (Bei Seite.) Sie ist reizend und ganz Natur! (Laut.) Also wenn Sie — Du — es erlaubst — —

**Röschen.** Erlaubscht? I han nix zu erlaube. Wofür halte Sie mi denn?

**Flieder.** Für ein allerliebstes Geschöpf!

**Röschen** (heftig). S'ischt nit woahr, — i bin koi Geschöpf — i bin nur a armes Maidle, das der Herr Timpel nach der Stadt gebracht, um mi da bewundere zu lasse. — Freili, 's ischt a rechte Freud', wenn die Leute auf der Straße steh'n bleibe und schreie: Uiu je — ischt des a jakkerisches Maidle!

**Flieder.** Du willst also gern bewundert sein?

**Röschen.** Nu freili — dazu sein wir Maidle ja da!

**Flieder.** Sie ist reizend und wirklich prima Natur! (Sieht sie verliebt an.)

**Röschen** (verschämt). Was gucke Sie mich denn so an? Was wolle Sie denn von mir?

**Flieder.** Was ich will? (Herausplatzend.) Heirathen will ich Dich!

**Röschen.** O Du mei lieb's Herrgöttle. Heirathe — so ganz ordentli heirathe — awer noi - des geht nit an — da müss'n Sie ja erscht mei Schätzle werde.

**Flieder.** Nun — das wird mir hoffentlich nicht schwer werden — gefalle ich Dir nicht, Lorle?

**Röschen.** O ja — gefalle thue Sie mir scho ganz guet, aber noi, es geht nimmer — Sie habe sich ja scho in ein anderes Maidle verliebt.

**Flieder.** Ich glaubte es, aber jetzt, da ich Dich gesehen, steht es bei mir fest, Du allein wirst meine Frau.

**Röschen.** Und schriftli wolle Sie mir es au gebe?

**Flieder.** Schriftlich? Die geht sicher! — Ja, Lorle, Du sollst es auch schriftlich haben, daß ich Dich liebe, aber nun gib mir den ersten Kuß.

**Röschen.** Beileibe net! S' hat no koi Mannle a Küßle von mir bekomme, und wisse Sie, wie's mit dem erschte Küßle ischt?

**Flieder.** Nun?

**Röschen.** Juschtament wie mit die Veigele im Garten.

**Flieder.** Wie mit den Veilchen?

**Röschen.** Freili — passe Sie guet auf!

### Lied.

S' ischt mit em erschte Veigele,
Wie mit dem erschte Küß'le —
Und wenn Du mir's net glaube willscht,
Verzähl i Dir's a Bißle!

So wie ma alle Tag schier guckt
Nach Veigele im Garte,
So ischt es mit dem Küßle au,
Man kann's gar nit erwarte.

A Veigele versteckt si gern,
Und ischt nit leicht zu finde,
Beim erschte Küßle will man au
Nit gern a Licht anzünde.

Und nach dem erschte Veigele,
Da blüht's an allen Hecken,
Was nach dem erschte Küßle kommt,
Darf Einem nit erschrecken.

Das erschte Veigele des bringt
Den Frühling voller Triebe —
Und 's erschte Küßle bringt uns au
Die Bruscht voll Luscht und Liebe!

(Ab durch die Mitte.)

## 9. Scene.

**Flieder,** dann **Timpel.**

**Flieder** (Lorle nachsehend). Wahrhaftig — ein liebliches Kind, und diese Natur. — Da ist Alles rein, unverfälscht.

Einen Kuß hat sie mir nicht gegeben — aber diese auffallende Aehnlichkeit? — Sollte sich die Kleine einen Spaß mit mir gemacht haben? (Steht bei der Glasthür und guckt in den Garten.)

**Timpel** (von rechts). Es muckert schon wieder — mir wird nichts übrig bleiben, als mich etwas zu ärgern. — Hätte ich nur den Apotheker bei der Hand. (Bemerkt Flieder.) Lupus in famia! Da ist er ja, der holde Knabe. — (Klopft Flieder auf die Schulter.) Sie wieder hier? Das ist mir ja sehr angenehm!

**Flieder.** Ah, Herr Timpel, Sie können mich aus meinem Zweifel reißen!

**Timpel.** Was geh'n mich Ihre Zweifel an?

**Flieder.** Sie sehen dort jene Schwäbin — ist das Ihre Tochter oder ist sie es nicht?

**Timpel.** Meine Tochter 'ne Schwäbin? Bei dem rappelt's! Herr — sehe ich aus wie ein Schwabenvater?

**Flieder.** O, pardon — ich wollte Sie nicht ärgern.

**Timpel.** Aergern Sie immerzu — das Mucken läßt schon nach! (Laut.) Also, Sie haben sich in meine Jüngste verliebt?

**Flieder.** Nein.

**Timpel.** Wie?

**Flieder.** Ich habe mich in eine Schwäbin verliebt, in ein Natur-Kind prima Qualität, da ist Alles echt.

**Timpel.** Aha, ich verstehe — — (singt)
 „Nur für Natur
 Hegen Sie
 Sympathie — —

**Flieder** (fällt ein). Unter Bäumen,
 Süßes Träumen"

**Timpel** (hält ihm den Mund zu). Erlauben Sie, wenn Sie den Naturwalzer singen wollen, dann können Sie ihn sich auch allein anfangen! (Für sich.) Er liebt nicht meine Tochter — also habe ich auch keinen Grund, mich über den Menschen zu ärgern! — Na ja — es muckert schon wieder. (Bindet sich das Tuch um.)

**Flieder.** Sie haben Zahnschmerzen?

**Timpel.** Dumme Frage — glauben Sie, ich binde mir das Tuch zum Vergnügen um?

**Flieder.** Erlauben Sie, ich trage stets eine kleine Taschenapotheke bei mir. (Zieht ein Necessair vor.)

**Timpel.** „Flieder, das Gift im Gewande."

**Flieder.** Bitte, schlucken Sie diese drei Pillen und probatum est.

**Timpel.** Bleiben Sie mir mit Ihren Pillen vom Halse.

**Flieder.** Adieu Herr Timpel, ich gehe. (Bleibt stehen.)

**Timpel.** Nennen Sie das gehen?

**Flieder.** Und ich bleibe dabei, Lorle und Röschen sind eins. —— Adieu Herr Timpel, es war mir ein großes Vergnügen. (Mitte ab.)

**Timpel.** Mir nicht! — Dieser Giftmischer ist ein aufdringlicher Mensch, aber die Zahnschmerzen sind weg! (Nimmt das Tuch ab.) E i n l a g e.

## 10. Scene.
**Timpel, Kurt.**

**Kurt** (durch die Mitte). Ah, gut daß ich Sie finde, Herr Timpel, ich habe einen Entschluß gefaßt.

**Timpel.** Nun?

**Kurt.** Ich heirathe Ihre Tochter nicht!

**Timpel.** Schwiegersohn, machen Sie keinen Unsinn.

**Kurt.** Es wäre ein Unglück für uns Alle. Ihre Tochter liebt mich nicht und auch mein Herz ist nicht mehr frei.

**Timpel.** Aber Schwiegersohn, was thue ich mit 'nem Freiherrn, wenn sein Herz nicht mehr frei ist? Und was meine Emma anbelangt, so liebt sie Sie rasend, sie hat's mir selbst gesagt — bleiben Sie hier — ich schicke sie Ihnen her — sie soll es Ihnen selbst sagen! (Im Abgehen.) Was sagt der Mensch dazu — verlobt sich beim Rheinfall und will hier abschnappen, nee so 'n 'Reinfall paßt mir nicht! (Links ab.)

## 11. Scene.
**Kurt**, dann **Frida**, später **Timpel**.

**Kurt.** Abscheulich! Ich komme aus einer unangenehmen Situation in die andere. Sollte sich Fräulein Timpel wirklich in mich verliebt haben? O, wie peinlich für mich, ihr sagen zu müssen, daß ich sie nicht liebe, aber es muß sein — der ewige Kampf zwischen Kopf und Herz muß ein Ende haben! (Geht auf die Terrasse.)

**Frida** (von links IV). Wahrhaftig — er ist es! Fräulein Timpel hat mir Alles gesagt — er, der mir ewige Treue geschworen, verlobt sich mit einer Anderen. Das erfordert Strafe. — O sie soll ihm unverkürzt zu Theil werden. (Setzt sich links, so, daß sie Kurt den Rücken wendet.)

**Kurt** (sie bemerkend) Ah, da ist sie! Muth, es muß sein! (Tritt vor.) Mein Fräulein, Ihr Herr Papa sagte mir — (stockt)

**Frida** (bei Seite). Ah, er hält mich für Fräulein Timpel — ich bin neugierig, was er ihr sagen wird.

**Kurt** (bei Seite). Ich wage es kaum, sie anzusehen! (Laut.) Lassen Sie uns, bitte, offen und ehrlich mit einander sprechen! Wir sind verlobt — leider! (Frida macht eine Bewegung.) Ich wollte sagen — leider für Sie mein Fräulein, denn ich verdiene Ihre Hand nicht — nein wirklich — ich bin ein durch und durch schlechter Mensch und wenn Sie mich wirklich lieben, wie mir Ihr Papa mittheilte, so bedauere ich Ihren schlechten Geschmack. — (Für sich.) Sie unterbricht mich nicht — sie scheint mich nicht freigeben zu wollen! (Laut.) Wissen Sie auch mein Fräulein, weshalb ich mich mit Ihnen verlobte? — Nur um meine Schulden zu bezahlen. Sie werden sagen: Das ist erbärmlich! Gewiß, aber noch erbärmlicher war es von mir, daß ich im Begriff stand, ein Verbrechen zu begehen — Sie schweigen? Sie glauben mir nicht? — Nun wohl, — hören Sie mich an, aber dann, ich bitte dringend darum, — verachten Sie mich! Mein Herz ist nicht frei, — ich liebe ein armes aber edles Mädchen und ich fühle es mehr denn je, daß ich namenlos unglücklich würde, wollte ich meine gute, liebe Frida verlassen! — So, Fräulein Timpel, wenn Sie jetzt noch auf meine Hand bestehen, so — so — so wandere ich aus, lasse mich an den Ufern des Salzsee's nieder, werde Mormone und heirathe neben Ihnen noch meine geliebte Frida! Das ist mein feierlicher Ernst — ich habe die Ehre. (Geht.)

**Frida** (ohne sich umzusehen). Kurt!

**Kurt** (bleibt stehen). Wie! Diese Stimme —

**Frida.** Sie brauchen kein Mormone zu werden.

**Kurt.** Frida, Sie hier? Ja wie erkläre ich mir?

**Frida.** Sie sollen Alles erfahren, Herr von Lindeck, aber zunächst muß ich Ihnen doch zu Ihrer Verlobung Glück wünschen.

**Kurt.** O, spotten Sie nicht, Frida, ich bin meuchlings verlobt worden.

**Frida.** Das ist keine Entschuldigung, Sie haben Strafe verdient — ich werde Ihnen den Prozeß machen.

**Kurt** (will sie umarmen). Frida!

**Frida** (abwehrend). Halt mein Herr Inculpat, noch sind Sie auf freiem Fuße — warten Sie's ab, bis Sie internirt sind. (Links ab.)

**Kurt** (begleitet sie). Lassen Sie mich nicht zu lange die Freiheit genießen!

**Timpel** (durch die Mitte). Nun lieber Schwiegersohn, wie steht's?

**Kurt.** Herr Timpel — ich bin der glücklichste Mensch unter der Sonne! (Umarmt Timpel. Durch die Mitte ab.)

## 12. Scene.

**Timpel, dann Schnudel, später Röschen.**

**Timpel** (stolz). Was habe ich gesagt? — Er ist glücklich und Timpel ist der Autor dieses Glücks! — Ich kenne ja meine Tochter, sie hat so ein bestechendes — unwiderstehlich einnehmendes Wesen — das hat sie von mir. Sie bestrickt die Männer in zwei Tempos. Blick eins, Händedruck zwei, klipp, klapp, ist die Geschichte klar.

**Röschen** (hinter der Scene). Goddam! Does Mr. Simpel live in this house?

**Schnudel.** Das sind mir böhmische Dörfer.

**Timpel.** Was gibt's denn Schnudel?

**Schnudel.** Draußen ist eine komische Person, aus der ich nicht klug werde — sie spricht russisch oder polnisch — mir kam's jedenfalls spanisch vor!

**Timpel.** Eine exotische Dame? — Da bin ich doch begierig — herein mit ihr!

**Schnudel** (in der Glasthür, winkt nach rechts). Pst! Pst! — Kommen Sie man 'rein!

**Röschen** (erscheint als Engländerin). By Joe my friend, you have a great bird!

**Schnudel.** Wie?

**Röschen.** Dieses Mensch haben eine große Vogel.

**Schnudel.** Einen Vogel?

**Röschen.** O yes, in das alte Kopp!

**Schnudel.** Ach so — nun habe ich Sie gleich verstanden — 's ist ein putziges Femininum! Mir scheint der gefällt's hier. (Mitte ab.)

### 13. Scene.

**Timpel, Röschen,** dann **Geier.**

**Röschen** (kommt langsam vor und knixt vor Timpel).

**Timpel** (bei Seite). Wo haben sie denn die losgelassen?

**Röschen.** Good morning Sir. J have the honour to see Mr. Simpel?

**Timpel** (sich umsehend). Was will sie?

**Röschen.** You are Mr. Simpel?

**Timpel.** Wenn Sie Timpel meinen, das bin ich!

**Röschen.** Very well, Mr. Simpel! J am Mrs. Tingleton. (Knixt.)

**Timpel** (den Knix nachahmend) Tingleton? Was will sie damit sagen?

**Röschen.** Oh d'ont you understand english?

**Timpel.** Ja, daß das englisch ist, habe ich schon 'raus.

**Röschen.** Mr. Simpel, you speak english?

**Timpel.** Ach so, Sie fragen, ob ich englisch spreche? O oui, oui, das heißt, für gewöhnlich ziehe ich das Deutsche vor.

**Röschen.** All right! Wir werden uns also halten unter, deutsch.

**Timpel.** Halten unter? — Ach so, Sie meinen unterhalten? Bon! Halten wir uns unter deutsch! Was verschafft mir das Vergnügen? Voulez-vous Platz.

**Röschen.** O, Mr. Simpel.

**Timpel.** Timpel, wenn's Ihnen einerlei ist!

**Röschen.** O yes, Mr. Simpel. I have gelesen, daß Sie suchen Gesellschaft for your Miss daughter. I am, ich sein diese Gesellschaft.

**Simpel.** Ach so, Sie sind 'ne Gesellschafterin?

**Röschen.** O yes, — I have seen in the gazette.

**Simpel.** Gazette.

**Röschen.** Yes, in das Zeitung.

**Simpel.** Ach so — die Eisenbahn-Zeitung.

**Röschen.** Very well. O Mr. Simpel.

**Simpel** (verbessernd). Timpel.

**Röschen.** Yes, yes Mr. Simpel.

**Timpel.** Sie bleibt bei Simpel!

**Röschen.** Daß ich werd' suchen eine place als Gesellschaft in a fremde house ist not gesungen worden an meiner Wiege.

**Timpel.** Na, darauf können Sie sich wohl nicht mehr besinnen!

**Röschen.** My father was proud and very rich.

**Timpel.** Ritsch?

**Röschen** (zeigt die Pantomime des Geldzählens). Rich.

**Timpel.** Ach so — er hatte putt, putt — ping, ping.

**Röschen.** Yes — ping, ping! Außer mir hatte er noch five horses, fünf Pferde.

**Timpel.** Eine ziemlich große Familie.

**Röschen.** All right! My father war eine gute man, but my Gemal.

**Timpel.** Was, einen Gemal hatten Sie auch.

**Röschen.** O yes, aber das Mensch haben mir gemacht viele Kümmerlichkeiten.

**Timpel.** Na ja, Kümmel -- so was kommt vor!

**Röschen.** Bevor mich hat heigerathet meine Gemal, hat es mich entführt.

**Timpel.** Aus Liebe?

**Röschen.** O no, — aus London! O, die Reise waren very beautiful, er waren sehr zärtlich to me, er hat mich gedruckt an seine Herz und ich haben ihn gedruckt an meine Herz, die ganze Reise waren eine Druckerei!

**Timpel.** Das muß sehr hübsch gewesen sein!

**Röschen.** O yes, very fine! — But my Gemal haben gehabt eine friend vor seine Bausen.

**Timpel.** Bausen?

**Röschen.** Very well — eine Freund für seine Bausen.

**Timpel.** Ach so — Busenfreund?

**Röschen.** O yes and dieses Bausenfreund haben meine Gemal genommen mit to the steeple chasse — and haben immer gereitet so — hop, hop, — hop — hop! (Markirt das Reiten.) Auf a horse.

**Timpel.** Das ist immer noch besser, als wenn er Wechsel reitet!

**Röschen.** O no! Meine Gemal haben geliebt seine Pferde mehr als me, und haben gewettet always auf die horse, welche haben verloren.

**Timpel.** Das ist Pech!

**Röschen.** O yes! Zuletzt haben meine man bekommen das spleen.

**Timpel.** Ach so — verrückt.

**Röschen.** All right, verrückt und haben gereitet selbst ein Pferd, er hätten gewiß gewonnen tausend Pfund, aber die Pferd stürzte und meine gute man brach sich die gute Genick mitten entzwei!

**Timpel.** Das arme Pferd.

**Röschen** (seufzend). Wie meine gute man waren caput, haben mich wollen trösten das falsche Friend und haben gemacht eine falsche Testament, was gemacht hat ihn rich und me very poor.

**Timpel.** Das war ja 'n Gemüthsmensch!

**Röschen.** O yes, but wenn ich finde diese schlechte Mensch, J werd' ihn boxen auf seine Näs!!

**Timpel.** Auf die Näse — sehr gut — das würde ich auch thun!

**Röschen.** J thank you Mr. Simpel.

**Timpel.** Timpel heiße ich.

**Röschen.** Yes, yes, Mr. Simpel.

**Geier** (durch die Mitte). Da sind Sie ja, liebster Freund, (bemerkt Röschen) ha? Wer ist denn das?

**Simpel.** Das? Ein englischer Artikel — Gesellschaft für meine Tochter — Vollblut! Direct importirt! Mrs. Lestestrice!

**Röschen** (sieht Geier). O heaven! Mr. Geier!

**Simpel.** Sie kennt Sie?

**Geier.** Sie kennt mich?

**Röschen** (stellt sich in Boxer-Stellung). Come on.

**Geier** (zu Simpel). Was will sie?

**Röschen.** By Joe! Dieses Mensch mit die krumme Näs' sein der falsche Friend von meine gute Gemal.

**Geier.** Wer bin ich?

**Röschen.** Mr. Geier. Sie sein eine Bub des Spitzes.

**Simpel.** Bub des Spitzes?

**Geier.** Sie meint Spitzbube. — Wie sie das gleich heraus hat.

**Röschen.** O yes, you have eine Testament gemacht.

**Geier.** Ein Testament?

**Röschen.** Yes, eine falsche Testament.

**Geier** (erschrickt). Wie?

**Röschen.** Wann you not give zurück the money to the Mrs. Mertens.

**Geier** (verwirrt). Mertens — wer ist Mertens? Kommen Sie lieber Freund, die Person scheint mir —

**Röschen** (in Boxer-Stellung). Hold your tongue. By Joe! J am not verruckt in meine Koop, but dieses Geier sein eine schlechte Mensch.

**Simpel.** Erlauben Sie, der Herr ist mein Freund!

**Röschen.** O. Mr. Simpel, you have eine Schlange genährt an your Bausen! Mr. Geier ich werde you geben twenty four, vierundzwanzig Stunden Bedenklichkeit — wenn you have dann nicht gegeben zurück das Vermögen an Mrs. Mertens by Joe werd ich boxen you bis Sie sein platt wie ein Flunder! (Verfolgt boxend Geier.)

**Simpel.** Sie will hauen! Old-England beruhige Dich!

**Röschen** (heftig). Never! never! never! J am soft, soft as a lamb, but J can get like a lioness if ang, one makes me mad, and that Geier, that swindler J w'ont let him ga living from this spot neless he repents. Hear it you wicked creature, you, you, you (in deutscher Sprache) altes Bauernfang Du!

(Sie hat Geier um die Bühne herumboxend verfolgt, Timpel ist ihr nachgelaufen, um sie zu beruhigen.)

**Geier** (indem er retirirt, während des englischen Satzes dazwischen sprechend.) Aber erlauben Sie — hören Sie doch auf! — Das ist ja eine gefährliche Person! Rette sich, wer kann! (Links ab.)

**Timpel** (ebenso.) Aber Mrs , für Ihr Alter boxen Sie ganz gut — nee, mich nicht — nur nicht kitzeln! (Folgt Geier.)

(Der Vorhang fällt.)

Ende des zweiten Actes.

# 3. Act.

Garten zum Timpel'schen Hause gehörend. In der Mitte der Bühne ein praktikabler Baum, auf welchem sich Obst befindet, unterhalb des Baumes eine Gartenbank. Am Baum gelehnt eine Leiter; rechts und links Laubgänge.

## 1. Scene.

### Schnudel, Minna.

**Minna** (steht auf der Leiter und pflückt Obst in ein Körbchen hinein).

**Schnudel** (rüttelt unten an der Leiter).

**Minna** (auf der Leiter). Lassen Sie den Unsinn Schnudel — ich falle.

**Schnudel.** Immerzu — dann fallen Sie in meine Arme!

**Minna.** Schnudel, Sie sind schrecklich!

**Schnudel.** Das sind wir Männer alle — aber für Euch Frauen sind wir doch ein unentbehrlicher Artikel.

**Minna** (ist von der Leiter gestiegen). Leider! Da, sehen Sie nur Schnudel, wie der Mensch herumschleicht.

**Schnudel.** Wie das personificirte böse Gewissen! Kommen Sie Minna, gehen wir dem Geier aus dem Wege! (Beide links ab.)

## 2. Scene.

### Geier, dann Schnudel.

**Geier** (von rechts, sich vorsichtig umsehend). Nein es ist nichts als dumme, thörichte Furcht! Mir ist's immer, als würde ich von dem Rechtsanwalt dem Dr. Hagen auf Schritt und Tritt verfolgt. Lächerlich! Unsinn! Was habe ich mir denn vorzuwerfen? Nichts — gar nichts! Kann ich dafür, daß mich der alte Mertens zum Universalerben einsetzte? Hehehe! Freilich, kurz vor seinem Tode machte er ein zweites Testament, aber ich wäre ein Esel gewesen, hätt ich dieses Dokument, das mir ein Zufall in die Hände spielte, nicht an mich genommen! — Aber diese Engländerin — wer ist sie? Was weiß sie von der ganzen Geschichte? Ich muß das richtige Testament vernichten. Von der Existenz dieses Documents weiß Niemand als ich und wenn ich es vernichte, ist jeder Beweis verschwunden! (Er will das Document aus der Brusttasche nehmen.)

**Minna** (à tempo von links) Herr Geier, Herr Geier!

**Geier** (schreit auf). Ha! — Dumme Person. Weshalb schreien Sie denn so?

**Minna.** Ich schreie? — Sie schreien! — Da dieser, Brief ist soeben für Sie abgegeben. (Gibt ihm den Brief. Für sich.) Alte Vogelscheuche! (Ab.)

**Geier.** Schon wieder? (Bricht den Brief auf, liest.) „Geehrter Herr — in einer hochwichtigen Angelegenheit muß ich Sie noch in dieser Stunde sprechen — erwarten Sie im Garten Ihren Anatole Schneider." Anatole Schneider? Kenne ich nicht! (Sieht nach rechts.) Was sehe ich — Fräulein Mertens — und — wahrhaftig — 's ist keine Täuschung — der Advokat ist bei ihr. — Ich muß hören, was die Beiden sprechen. — Ist denn hier kein Versteck? — Ah, eine Leiter — klettern wir auf den Baum. (Steigt auf die Leiter.)

## 3. Scene.

**Geier, Frida, Paul Hagen.**

**Frida** (mit Paul von rechts). Sie wissen nun Alles, Herr Doctor, haben Sie Hoffnung?

**Paul.** Ich denke diesen Geier in seinem eigenen Netz zu fangen — es ist unzweifelhaft für mich, daß wir es hier mit einem Schurken ersten Ranges zu thun haben. (Mit Frida links ab.)

**Geier** (sieht durch den Baum). Einfaltspinsel! Er will mich fangen! Haha! Da müssen Sie früher aufstehen! Aber es ist wirklich die höchste Zeit, daß ich hier verschwinde! Ah, wer kommt denn da?

## 4. Scene.
**Geier** auf dem Baum, **Röschen.**

**Röschen** (als Anatole Schneider).

Entrée-Couplet.

Ein Cavalier vom Kopf bis zum Fuß
Das bin ich, ein Jeder sieht's ein,
Man merkt es beim Gehen, man sieht es beim Gruß,
Es kann gar nichts feiner sein, o nein! —
Die Frauen, die Mädchen — sobald sie mich seh'n —
Sind alle von mir hochentzückt –
Und ließ ich, wie der Sultan mein Taschentuch weh'n —
Dann wären sie Alle beglückt,
Denn jedes Mädchen, das mich kennt,
In Liebe für mich brennt —
's ist pyramidal,
Ja, ganz kolossal —
Mein Glück ist wirklich ein Scandal.

Wie toll — Anatole Schneider — das bijou der Damenwelt — c'est moi — bin ich! — Ja — gegen mich ist der große Cäsar mit seinem Kommen — Sehen und Siegen ein sogenannter dummer Junge — Anatole Schneider gibt selbst dem Herrn Don Juan ein doublé vor — ja. Wie toll.

**Geier** (vom Baum herab). Mein Herr —

**Röschen.** Alle Wetter! (Lacht einfältig.) Hehe, Sie sitzen da oben, wie 'n Laubfrosch — wie toll! Wollen Sie nicht ein Bischen 'runterkommen?

**Geier** (steigt vom Baum). Ich war da oben, um ein Bischen Aussicht zu genießen.

**Röschen.** Aussicht — ist sehr gut! Meine Absicht ist, Sie zur Einsicht zu bringen — wie toll.

**Geier.** Ich bin —

**Röschen.** Sie brauchen mir gar nichts zu sagen. Sie sind Geier — das kann 'ne blinde Madame mit 'nem Stock fühlen, daß Sie Geier sind.

**Geier.** Mit wem habe ich —

**Röschen** (einfallend). Die Ehre wollen Sie sagen — ich weiß! — Anatole Schneider, der größte Damenfreund

des Jahrhunderts — ja! — Ich flattere wie ein bunt=
gefiederter Schmetterling von Blume zu Blume — wie
toll! — Sagen Sie, würdiger Greis, haben Sie auch ge=
flattert?

**Geier.** O ich flattere noch!

**Röschen.** Na, hören Sie, die Blumen bedauere ich
aber! Zur Sache, — mein Papa ist Millionär — wenn er
stirbt, kriege ich den ganzen Kitt!

**Geier.** Gratulire.

**Röschen.** Danke! — Mein Papa hat den Einfall mich
zu verheirathen — er will so 'n halbes Dutzend Enkel
um seine Beine krabbeln sehn — na wissen Sie, den Spaß
kann ich ihm ja machen.

**Geier.** Ja ich begreife nur nicht —

**Röschen.** (einfallend). Weshalb ich Ihnen das sage,
wollen Sie sagen — ich weiß! Sie werden gleich klar
sehen! — Nachdem mein Papa mir ein Ultimatum gestellt
— hielt ich Heerschau über die Bewohner meines Herzens!
— Es war 'ne anstrengende Sache — wie toll — endlich
hatte ich die Wahl getroffen, Fräulein Emma Timpel erhielt
den ersten Preis — sie wird die Königin meines Herzens.

**Geier.** Also Sie sind in Fräulein Timpel verliebt?

**Röschen.** Verliebt? Schwacher Ausdruck! — In meiner
Brust flammt ein Vulkan ein Aetna — ein Vesuv (schlägt an
die Brust) lauter Leidenschaft — ich kann mir das leisten —
mein Papa ist Millionär und wenn er stirbt, kriege ich den
ganzen Kitt!

**Geier.** Gratulire!

**Röschen.** Danke!

**Geier.** Und Fräulein Timpel weiß —

**Röschen.** Was?

**Geier.** Daß Sie sie lieben?

**Röschen.** Keine Ahnung — ist ja auch ganz egal,
wenn sie mich sieht — ist sie futsch!

**Geier.** Futsch?

**Röschen.** Wie toll!

**Geier** (bei Seite). Der Mensch kommt mir vor —

**Röschen** (einfallend). Wie ein Narr — wollen Sie sagen — ich weiß, aber das kann ich mir leisten, mein Papa ist Millionär, wenn er stirbt —

**Geier** (einfallend). Kriegen Sie den ganzen Kitt.

**Röschen.** Gratulire!

**Geier.** Danke! — Ich verstehe nur nicht, weshalb Sie — —

**Röschen.** Weshalb ich zu Ihnen komme, sehr einfach! Ich habe einen Nebenbuhler, einen Herrn von Lindeck — pah! Ich fürchte ihn zwar nicht, aber Concurrenz ist immer eklig! —

**Geier.** Gewiß.

**Röschen.** Ja! — Sie unterstützen die Verbindung dieses Herrn mit Fräulein Timpel, weil Lindeck Ihnen Wechsel schuldet — —

**Geier.** Sie wissen?

**Röschen.** Alles! Mein Vorschlag ist der: Sie reisen mit Herrn von Lindeck binnen vierundzwanzig Stunden, und ich kaufe Ihnen jene Wechsel ab.

**Geier** (erstaunt). Wie? — Das ist —

**Röschen.** Ein glattes Geschäft für Sie — ein Opfer meiner Leidenschaft für mich, aber ich kann's mir leisten — mein Papa ist Millionär.

**Geier** (einfallend). Ich weiß, Sie kriegen den ganzen Kitt! — Also Sie wollen mir in der That Herrn von Lindeck's Wechsel abkaufen?

**Röschen.** Ja. 's ist ein Blödsinn, aber mir macht's Spaß — wie toll! — Ich zahle Ihnen sofort eine Summe an und den Rest bei Empfang der Wechsel, — einverstanden?

**Geier** (bei Seite). Das paßt außerordentlich in meinen Plan! Sobald ich das Geld habe, verschwinde ich. (Laut.) Folgen Sie mir, bitte, in's Haus, wir wollen dort gleich den Contract unterzeichnen! — Wie aber, wenn Fräulein Timpel Ihre Hand ausschlägt — he?

**Röschen.** Sie meinen, wenn Sie mir einen Korb gibt? Sehen Sie mich an, und sagen Sie, ob das möglich ist, wie? Sie glauben gar nicht, was ich für 'n Glück in der Liebe habe, — im vorigen Jahre erst ist ein Mädchen meinetwegen zum Fenster 'rausgesprungen.

4*

**Geier.** Weil es Sie nicht kriegen konnte?

**Röschen.** Nee — weil der Vater sie zwingen wollte, mich zu heirathen, ja 's ist toll, aber ich kann's mir leisten, mein Papa ist Millionär, wenn er stirbt —

**Geier** (einfallend). Kriege ich den ganzen Kitt —

**Röschen.** Sie? Nein, ich kriege den Kitt!

**Geier.** Pardon! Sie sind ein seltener Mensch!

**Röschen** (singt den Refrain).
Ein jedes Mädchen, das mich kennt,
In Liebe für mich brennt —
's ist pyramidal —
Ja, ganz kolossal —
Mein Glück ist wirklich ein Standal!
(Mit Geier links vorne ab.)

## 5. Scene.

**Timpel, Paul,** Beide im Gespräch von links hinten.

**Timpel.** Nein, nein und drei Mal nein!

**Paul.** Ist das Ihr letztes Wort, Herr Timpel?

**Timpel.** Mein letztes! Sie sind ja ein ganz netter Mensch, Herr Doktor, aber Sie besitzen einen Geburtsfehler.

**Paul.** Einen Geburtsfehler?

**Timpel.** Allerdings — Ihnen fehlen sieben Zacken und 'ne Krone dran.

**Paul.** Vielleicht denken Sie anders, Herr Timpel, wenn Sie erfahren, wer und was dieser Geier ist. Bis dahin — leben Sie wohl! (Nach hinten rechts ab).

**Timpel.** Ein tüchtiger Mensch der Doktor — er thut mir eigentlich leid — ein Advokat als Schwiegersohn wäre übrigens gar nicht schlecht. — Schon wegen der Rechts=anwaltsgebühren — das Geld bliebe dann doch wenigstens in der Familie! (Sieht nach links.) Ja, was ist denn das? Meine Tochter verfolgt von einem jungen Jüngling? Da bin ich doch neugierig — eine Leiter — beobachten wir die Scene aus der Vogelperspective. (Steigt auf den Baum.)

## 6. Scene.

**Timpel** auf dem Baum, **Emma** verfolgt von **Röschen**.

**Emma** (lachend). Junger Mann, ich habe nur einen Rath, lernen Sie wachsen!

**Röschen.** Erlauben Sie, meine Gnädige, in meiner kleinen Figur schlägt ein großes Herz.

**Emma.** Lassen Sie's schlagen!

**Röschen.** O, spotten Sie nicht, meine Liebe ist riesenstark und meine Treue fabelhaft! (Zum Himmel zeigend.) Der da oben weiß es!

**Timpel** (guckt durch den Baum). Ich? Woher soll ich denn das wissen?

**Emma.** Genug, mein Herr, Sie sind mir zu klein! Ihre Leidenschaft ist hoffnungslos.

**Röschen.** Hoffnungslos? Unsinn! — Mein Papa ist Millionär, wenn er stirbt, kriege ich den ganzen Kitt!

**Emma.** Bedauere, auch der „ganze Kitt" reizt mich nicht.

**Röschen.** Sie wollen mich also nicht heirathen?

**Emma.** Nein.

**Röschen.** Na, dann geben Sie mir wenigstens einen Kuß.

**Emma.** Mein Herr —

**Röschen.** Nur nicht blöde, kleine Spröde, eins, zwei, drei. (Will sie umarmen.)

**Emma** (gibt ihm einen kleinen Backenstreich). Da, mein Herr! (Ab.)

**Röschen.** Au! Ein schlagfertiges Mädchen!

## 7. Scene.

**Vorige**, ohne **Emma**.

**Timpel** (auf dem Baume). Hat's geschmeckt?

**Röschen.** He? Das scheint da oben Sommer-Logis zu sein!

**Timpel** (ist vom Baum gestiegen). Hoffnungsvoller, vom Wachsthum vernachlässigter junger Mann — Sie müssen mich irgendwo schon 'mal geärgert haben.

**Röschen.** Wüßte nicht — mein Name ist Anatole Schneider — und in Ihnen begrüße ich wohl den berühmten Timpel?

**Timpel.** Allerdings. — Wie kommen Sie dazu, meine Tochter küssen zu wollen?

**Röschen.** Daran sind Sie selber Schuld.

**Timpel.** Ich?

**Röschen.** Freilich, warum haben Sie so 'ne schöne Tochter?

**Timpel** (geschmeichelt). Ja, das stimmt — schön ist meine Tochter — sie sieht mir ja auch sprechend ähnlich!

**Röschen.** Beneidenswerther Vater; denn auch Ihr anderer Sprößling, Fräulein Röschen, ist nicht von schlechten Eltern.

**Timpel.** Sie kennen meine Rosa?

**Röschen.** Wie mich selbst! Habe 'ne Schwester in der Pension, wo sich Ihr Röschen befindet. Beklagte sich oft über ihren Tyrannen von Vater.

**Timpel.** Tyrann? Sehe ich wie ein Tyrann aus?

**Röschen.** Sie behandeln sie immer noch als Kind, dabei ist Fräulein Röschen doch eine complette Dame.

**Timpel.** 'ne Dame?

**Röschen.** Anatole Schneider ist Kenner in dem Artikel!

**Timpel.** Was Sie sagen!

**Röschen.** Wenn Sie schlau sind, alter Herr, dann holen Sie Ihre Tochter schleunigst aus der Pension! Die kleine Krabbe hat einen Herzenswunsch: Sie will heirathen! — Lassen Sie ihr doch das kindliche Vergnügen! Ich kann mich lebhaft in ihre beklagenswerthe Situation hineindenken, denn auch ich möchte gern heirathen.

**Timpel.** Meinetwegen! — Heirathen Sie, wen Sie wollen, aber verschonen Sie meine Familie.

**Röschen.** Wen ich will? Sie haben also nichts gegen meine Wahl einzuwenden?

**Timpel.** Nichts — gar nichts!

**Röschen.** Hand darauf!

**Timpel** (einschlagend). Da! (Bei Seite.) Ein närrischer Kauz!

Röschen. Hahaha! Papa Timpel, Sie werden stutzen.

Timpel. Junger Stutzer — ich stutze nie!

Röschen. Wissen Sie, die Ehe ist doch der Himmel auf Erden.

Timpel. Im Anfang ja, nachher fällt man aus den Wolken.

Röschen. Schon jener alte Herr behauptete — na wie hieß denn der — der Verstorbene, richtig, der alte Herr Plato — kennen Sie ihn?

Timpel. Plato? — nicht persönlich!

Röschen. Der sagt: „Mann und Weib waren ursprünglich ein Wesen — sie wurden getheilt und jetzt sucht jedes seine Hälfte! — Ja! Ich bin auch so eine Hälfte!

Timpel. Für voll habe ich Sie auch nicht angesehen!

Röschen. Papa Timpel, wissen Sie, wie mir 'n Mann ohne Frau vorkommt?

Timpel. Na?

Röschen (sehr schnell). Wie 'ne Glocke ohne Klang,
Eine Sängerin ohne Sang,
Eine Tänzerin ohne Bein,
Wie ein Weinberg ohne Wein,
Wie ein Wäldchen ohne Baum,
Wie 'ne Pilsner ohne Schaum,
Wie 'ne Suppe ohne Salz,
Wie 'ne Gans ohne Schmalz,
Wie 'ne Posse ohne Witz,
Wie 'n Gewitter ohne Blitz,
Wie 'ne Uhr, die nicht geht,
Wie ein Wind, der nicht weht,
Wie ein Spiegel ohne Glanz,
Ein Ballet ohne Tanz,
Wie 'n Hausherr ohne Haus,
Wie 'ne Säng'rin ohne Applaus,
Wie ein Bräutigam ohne Braut,
Wie 'ne Katz, die nicht miaut,
Wie ein Wirth, der nicht pumpt,
Wie ein Lump, der nicht lumpt,

Wie ein Jüngling ohne Feuer,
Wie ein Land ohne Steuer —
So ist genau
Ein Mann ohne Frau!
(Rechts ab.)

## 8. Scene.

**Timpel, dann Geier.**

**Timpel.** Das ist ja 'n tolles Bürschchen. Möchte nur wissen, wo ich diesem Duodez-Jüngling schon begegnet bin.

**Geier** (von links). Ah, lieber Timpel, ich suche Sie wie eine Stecknadel.

**Timpel.** Freut mich, ein so gesuchter Artikel zu sein.

**Geier.** Habe soeben den Freiherrn gesprochen, er will fort.

**Timpel.** Fort?

**Geier.** Ja, er gibt Ihnen Ihr Wort zurück! Wenn ich Ihnen rathen darf, lieber Freund, lassen Sie ihn laufen.

**Timpel.** Wie?

**Geier.** Sie blamiren sich nur!

**Timpel.** Das sagen Sie, der diese ganze Verlobung arrangirt hat?

**Geier.** Ja, ja, aber Sie können den Freiherrn doch nicht zwingen.

**Timpel.** Herr, wenn die Verlobung zu Wasser wird, bin ich blamirt, wie nie! Wissen Sie, wie man mich überall nennt? Den Schwiegerpapa mit den acht Zacken.

**Geier.** Acht?

**Timpel.** Ja, sieben Zacken hat der Schwiegersohn und einen Zacken habe ich! — Sofort suche ich den Freiherrn auf und verlange eine Erklärung — kommen Sie!

**Geier.** Ich danke — ich mische mich nicht gern in fremde Angelegenheiten!

**Timpel.** So? Sie mischen sich nicht, aber Sie haben sich gemischt — einerlei, dann handle ich allein! (Im Abgehen.) Eine Sekunde nach der Hochzeit schmeiße ich den Menschen 'raus — dieser Geier scheint wirklich ein netter Vogel zu sein! (Rechts ab.)

## 9. Scene.

**Geier, dann Paul.**

**Geier.** Hehe! Laufe nur zu! Mich interessirt diese Heirath gar nicht mehr. Lindeck's Wechsel habe ich verkauft — sobald ich den Rest der Kaufsumme habe, geht's auf und davon, aber erst muß ich das Testament vernichten — es brennt mir wie Feuer in der Tasche. (Will das Dokument vorziehen.)

**Paul** (à tempo). Einen Augenblick, Herr Geier!

**Geier** (erschrickt). Ha! (Verbirgt das Papier.)

**Paul.** Ich bin der Rechtsanwalt Hagen!

**Geier.** Sie wünschen?

**Paul.** Die Witwe Frau Charlotte Mertens —

**Geier** (erschrickt). Mertens?

**Paul** (fortfahrend). Hat mich beauftragt, einen Prozeß gegen Sie anzustrengen.

**Geier.** Einen Prozeß?

**Paul.** Ja, beim Tode des alten Mertens fand sich ein Testament vor, welches Sie zum Universalerben einsetzte.

**Geier.** Das Gericht hat dieses Testament bestätigt.

**Paul.** Allerdings — da es nicht wußte, daß noch ein zweites Testament vorhanden ist.

**Geier** (zitternd). Ein zweites?

**Paul.** Jawohl, und dieses zweite Testament —

**Geier** (einfallend, kreischend). Haben Sie es gesehen? He? Beweisen Sie doch Ihre Neuigkeit, bis dahin aber verschonen Sie mich! — Adieu! (Links ab.)

**Paul.** Mein Verdacht scheint begründet — ich darf ihn nicht mehr aus den Augen verlieren. (Links ab.)

## 10. Scene.

**Röschen** als Lieutenant von Zittelwitz, dann **Timpel.**

Entrée-Couplet.

Lieutenant Zittelwitz
Stellt sich vor —
Lieutenant Zittelwitz
Garde-Corps! —

Lieutenant Zittelwitz
Ist bekannt
Als ein nett, abrett, kofetter Lieutenant,
Den Bart gedreht
So in die Höh',
Und stets gefüllt
Das Porte—monnaie.
Das Glas in's Aug' gedrückt,
Jed' Mädchenherz entzückt!
Das Auge blitzt
Wie ein Flambeau,
Die Taille sitzt
Ganz comme il-faut,
Und in der treuen Brust
Da schlägt ein Herz voll Lust —
Ja auf Taille,
Auf Parole! —
Bei mir ist Alles gut —
Das ist Husarenblut! —

**Timpel** (von rechts hinten). Wer ist denn das? Ein Husarenlieutenant in Taschenformat?

**Röschen.** He! Sie da! — Sie! Ja, ja, Sie meine ich — nähertreten!

**Timpel** (verblüfft). Ich?

**Röschen.** Dieser Civilistenhäring scheint etwas taub! (Im Commandoton.) Donnerwetter! Nähertreten!

**Timpel.** Der ist gut! Zu Befehl Herr Lieutenant!

**Röschen.** Wohnt da in der Bude gewisser Timpel?

**Timpel.** Ja wohl, die Bude ist meine Bude und der gewisse Timpel bin ich!

**Röschen.** Bon! — Warum sehen Sie mich so an, he?

**Timpel** (für sich). Sonderbar — der Lieutenant sieht beinah' aus, wie der Stutzer von vorhin — bis auf die zehn Barthaare. — (Laut.) Herr Lieutenant haben vermuthlich einen Bruder.

**Röschen.** Einen? — Pah! Sechs — lauter Zittelwitze, auf Parole! Sehr nette Brüder!

**Timpel.** Kann ich mir denken! Also dieser Anatole Schneider gehört auch dazu.

**Röschen.** Schneider? Fi-donc! Wie käm' ein Schneider in unsere Familie! Lieutenant von Zittelwitz — die Zittelwitze stammen aus der Bernsteinperiode.

**Timpel.** Pah! Was will das sagen! — Mein zukünftiger Schwiegersohn stammt mindestens aus der Meerschaumperiode.

**Röschen.** Meerschaum? Hehe! Colossal!

**Timpel.** Was verschafft mir das Vergnügen, Sie vor mir zu sehen!

**Röschen.** Faule Sache! von Lindeck — ist nämlich cher ami.

**Timpel.** So — so — mein Schwiegersohn ist Ihr ami?

**Röschen.** Ja! Der von Lindeck wollte in Ihre Familie heirathen — wäre scheußliche Mesalliance gewesen — auf Ehre!

**Timpel.** Erlauben Sie, — meine Familie —

**Röschen.** Sehr ehrenwerth, aber bürgerlich! — Wenn ich wollte bürgerliche Person heirathen, drehten sich meine fünfundachtzig Ahnen fünfundachtzig Mal im Grabe herum — auf Taille!

**Timpel** (bei Seite). Das ist ja 'n ekliger Mensch!

**Röschen.** Cher ami von Lindeck erzählte mir, daß Sie früher Cichorie gemacht —

**Timpel.** Cichorie und Feigenkaffee, das ist mein Stolz.

**Röschen.** Scheußlich!

**Timpel** (bei Seite). Wenn der nur keinen Säbel hätte, würde ich ihm schon zeigen —

**Röschen.** Cher ami von Lindeck wird übrigens Ihre Tochter nicht heirathen.

**Timpel.** So!? — Und weshalb nicht?

**Röschen.** Er kann nicht, morgen früh ist cher ami von Lindeck mausetodt.

**Timpel.** Wie?

**Röschen.** Habe Duell mit cher ami — wir Zittelwitze sind zu schneidig, um Gegner zu schonen.

**Timpel.** Sie wollen Ihren cher ami?

**Röschen.** Muß — Cavalierpflicht — thut mir leid um armen Kerl, aber die Gesetze der Ehre verlangen —

**Timpel.** Daß Sie Ihren ami über den Haufen schießen — nette Gesetze!

**Röschen.** Habe vorher noch faule Sache zu regeln — mit Geier — apropos — dieser Geier — scheußlicher Kerl.

## 11. Scene.
### Vorige, Geier von links.

**Geier** (tritt vor). Die Herren sprechen von mir?

**Röschen.** Der Halsabschneider!

**Geier.** Herr Lieutenant —

**Röschen** (stößt mit dem Säbel auf). Ruhig im Glied! Nenne Ihren ganzen Raubzug — cher ami von Lindeck schuldet Ihnen baar zwanzigtausend Mark.

**Geier.** Das heißt —

**Röschen.** Stillgestanden!

**Geier.** Aber was wollen Sie denn von mir?

**Röschen.** Werden gleich hören — von Lindeck schuldet Ihnen 20000 Mark. Sie erhalten 5000 mehr und rücken die Wechsel heraus.

**Geier.** Nimmermehr!

**Röschen.** Ruhe im Glied! Entweder 25000 oder gar nichts.

**Geier.** Gar nichts?

**Röschen.** Nicht einen Pfennig! Blase morgen cher ami von Lindeck das Lebenslicht aus — piff — paff — puff — wenn er todt ist, sind Sie geleimt.

**Geier.** Wie?

**Röschen.** Habe Duell mit von Lindeck.

**Geier.** Mit dem friedfertigen Menschen?

**Röschen.** Ja! Thut mir scheußlich leid — auf Ehre — ist aber nicht zu ändern! Es war im Café — von Lindeck nimmt beim Gehen meinen Handschuh. — „Lieber von Lindeck sage ich), „das ist mein Handschuh." — Von Lindeck sagt: „„Lieber von Zittelwitz es ist der meinige!"" „Aber lieber von Lindeck", sage ich. „„Lieber von Zittelwitz"" sagt er. „Zeigen Sie mir doch den Handschuh, lieber von Lindeck" sage ich. „„Da haben Sie den Handschuh, lieber von Zittelwitz,"" sagt er. Dabei wirft mir von Lindeck, —

mir, — von Zittelwitz, den Handschuh hin. Es war parole d'honneur — sein Handschuh!

**Timpel.** Nun also, dann haben Sie ja gar keinen Grund.

**Röschen.** Erlauben Sie — wenn ein von Lindeck einem von Zittelwitz den Handschuh hinwirft, hebt ihn ein von Zittelwitz allemal auf — es wurden Karten gewechselt, Secundanten ernannt — voilà tout! Morgen geht's los, — dreimaliger Kugelwechsel — fünf Schritt Barrière.

**Timpel.** Das ist ja der reine Mord.

**Röschen.** Mord!? Hehe, ein colossaler Witz! — Also, wie steht's Herr Geier — 25000 Mark oder gar nichts? He?

**Geier** (bei Seite). Was soll ich thun? Wenn dieser wilde Jäger Ernst macht, haben die Wechsel weder für mich, noch für Herrn Anatole Schneider einen Werth.

**Röschen** (zieht den Säbel). Wahl scheint Ihnen schwer zu werden — werde ein Bischen helfen. — —

**Geier.** Gut, Herr Lieutenant, damit Sie sehen, wie gut ich bin — ja ich gebe mich mit 25000 zufrieden!

**Röschen.** Bon! Hehehe! Das ist ein gottvoller Witz! Sie geben mir also von Lindeck's Wechsel auf Credit?

**Geier.** Wie? — Sie haben kein Geld?

**Röschen.** Die Zittelwitze haben nie Geld!

**Timpel.** Jetzt kommt mir ein großer Gedanke! Ich werde die Wechsel meines Schwiegersohn's einlösen!

**Röschen** (bei Seite). Das habe ich erwartet!

**Timpel.** Kommen Sie — wir machen das Geschäft auf meinem Zimmer ab, dann aber — verschwinden Sie gefälligst!

**Geier.** Aber liebster Freund!

**Timpel.** Der Kukuk ist Ihr Freund! Bitte, Herr Lieutenant, folgen Sie mir! (Mit Geier links ab.)

**Röschen.** Vittoria! Es ist gelungen! Ein Glück, daß die größten Spitzbuben gewöhnlich auch die dümmsten Teufel sind! Auf Taille! Was ich mir vernehme, gelingt Alles, denn

2. Couplet-Strophe.

Lieutenant Zittelwitz
Ein Genie!
Lieutenant Zittelwitz
Voller Pli!
Lieutenant Zittelwitz
Ist bekannt
Als charmant und höchst galanter Lieutenant.
Wer reitet fesch,
Schnell wie der Blitz,
's ist nur allein
Der Zittelwitz!
Ich bin — 's ist nicht so dumm,
Ein wahres Unicum!
Mit kühnem Schritt
Beim Mägdelein,
Husarenritt
In's Herz hinein!
Bin Lieutenant, — mach Furor,
Hab' Schulden wie 'n Major!
Ja, auf Taille!
Auf Parole,
Bei mir ist Alles gut! —
Das ist Husarenblut!
(Links ab.)

12. Scene.

**Schnudel, Flieder,** Beide von rechts, dann **Röschen.**

**Flieder.** Sie mögen streiten, so viel Sie wollen, mein lieber Schnudel, ich weiß, daß Fräulein Röschen Komödie mit mir gespielt hat – das erfordert Strafe.

**Schnudel.** Sie wollten?

**Flieder.** Gleiches mit Gleichem vergelten — wo befindet sich das Fräulein Röschen?

**Schnudel.** (lachend). In der Pension. (Links ab.)

**Flieder.** Er bleibt dabei, aber ich weiß genau, daß die kleine Schwäbin Niemand anders als der Kobold Röschen war, und — - (sieht in die Coulisse links) he? mit wem spricht denn Freund Schnudel da? -- Ein Husar? — Die

Figur? Wahrhaftig, man sollte beinahe glauben, es wäre — — sie kommen hierher? Wo verberge ich mich? Ach eine Leiter, sehr apropos. Warte nur kleiner Kobold, dieses Mal fange ich Dich. (Steigt auf die Leiter.)

**Röschen.** (mit Schnudel von links). Der Apotheker war also hier?

**Schnudel** (lachend). Zu Befehl Herr Lieutenant!

**Röschen** (sich umsehend). Schade, er scheint verschwunden — hätte mir gern 'nen Spaß mit ihm gemacht!

**Schnudel.** Pst, Herr Lieutenant. (Zeigt auf den Baum.) Da oben sitzt was!

**Röschen.** Wahrhaftig, der Baum hat ja 'ne eigenthümliche Anziehungskraft — verschwinde! — (Laut.) Cher ami sagen Sie Herrn Timpel, daß Lieutenant von Zittelwitz es nicht versäumen wird, seiner reizenden Tochter, dem Fräulein Röschen die schuldige Aufwartung zu machen!

**Schnudel.** Zu Befehl, Herr Lieutenant! (Links ab.)

## 13. Scene.

### Flieder, Röschen, dann Timpel.

**Röschen** (für sich). Warte Apotheker, jetzt sollst Du lernen, was Eifersucht heißt! (Geht und sieht zufällig auf den Baum.) Alle Wetter! Der Baum trägt ja 'ne komische Frucht, hehe. Sie wollen wohl Maikäfer fangen, lieber Freund!

**Flieder** (noch oben). Diese Stimme (steigt herab), diese Züge — ja, ja Du bist's (breitet die Arme aus) Zittelwitz.

**Röschen** (erstaunt). He?

**Flieder.** Aber Herzensfreund, erkennst Du mich nicht, — ich bin ja Flieder.

**Röschen.** Flieder?

**Flieder.** Komm in meine Arme! (Will sie umarmen.)

**Röschen** (retirirt, bei Seite). Das wird gefährlich!

**Flieder.** Aber Freund, erkennst Du mich nicht mehr, wir haben ja lange genug zusammen die Schulbank gedrückt — erinnere Dich doch!

**Röschen** (bei Seite). Er kehrt den Spieß um, am Besten ich gehe darauf ein! (Laut.) Ja, ja, ich erinnere mich!

**Flieder.** Nun also, gieb mir einen herzhaften Bruderkuß.

**Röschen** (retirirt). Ich finde es scheußlich, wenn sich Männer küssen — auf Ehre.

**Flieder.** Du hast Recht, Zittelwitz, ich küsse auch lieber schöne Mädchen.

**Röschen** (sich vergessend). So? Das ist aber — (Im Lieutenantston.) Natürlich — dazu sind ja die schönen Mädchen da!

**Flieder.** Ich bewundere Dich Zittelwitz, wie groß Du geworden bist, und dieser unternehmungslustige Schnurrbart kleidet Dich famos!

**Röschen** (den Bart drehend). Ja — bin ein fescher Kerl geworden — aber Du, Du siehst etwas philisterhaft aus.

**Flieder.** So?

**Röschen.** Ja — früher warst Du hübscher. — Du nimmst mir das doch nicht übel.

**Flieder.** Ich bitte — unter Freunden ganz sans gêne! Apropos, Du bist hier im Hause bekannt!

**Röschen.** Sehr — entre-nous — gehe sozusagen auf Freiersfüßen — ist da ein allerliebster Backfisch —

**Flieder.** Fräulein Röschen. — Gratulire Freund! Denke Dir, ich hatte das Vergnügen, dem kleinen Ding einen Dienst zu leisten — feurig und leicht entzündbar — wie ich bin, verliebte ich mich in das Mädchen. —

**Röschen.** So? Armer Flieder — Deine Liebe ist hoffnungslos — das kleine Ding fühlt gar nichts für Dich.

**Flieder.** Um so besser.

**Röschen.** Wie?

**Flieder.** Ich habe mich getäuscht — mein Herz ist anderweitig stark engagirt — und da es mir nun sehr peinlich ist, Herrn Timpel sagen zu müssen: „Ich bedauere sehr, ich liebe Ihre Tochter nicht!" so bitte ich Dich, das arrangiren zu wollen.

**Röschen.** Ich soll — ?

**Flieder.** Du sollst mich entschuldigen.

**Röschen.** Von Herzen gern — also Du liebst?

**Flieder.** Und bin so glücklich, wiedergeliebt zu werden.

**Röschen.** Was Du sagst — wer ist denn die Beneidenswerthe. (Bei Seite.) Er meint die kleine Schwäbin!

**Flieder.** Vielleicht kennst Du sie — Charlotte Hasenbein!
**Röschen** (erschrocken). Wie?
**Flieder.** Die Tochter vom Stadtverordneten Hasenbein, das große Eckhaus am Markt — das ist mein Schwiegerpapa in spe.
**Röschen.** Wirklich?
**Flieder.** Ja ich machte Besuche bei den Vätern der Stadt, weil ich mich um eine Apotheke beworben habe — bei dieser Gelegenheit sah ich sie zum ersten Mal! O sie ist in jeder Beziehung ein Engel.
**Röschen** (erregt). Also Charlotte Hasenbein, gratulire, gratulire wirklich!
**Flieder.** Danke, lieber Freund, ich hoffe Dir bald die Verlobung anzeigen zu können.
**Röschen** (bei Seite). Abscheulich --- jetzt weiß ich nicht mehr — ist das Komödie oder ist das Wahrheit!
**Flieder.** Du wirst mir hoffentlich als Zeuge dienen.
**Röschen** (im natürlichen Ton). Ich Ihr Zeuge? Genug, mein Herr, die Komödie ist aus.
**Flieder.** Aber Herr Lieutenant?
**Röschen** (wüthend). Ich bin kein Lieutenant.
**Flieder.** Wie? So hätten Sie des Königs Rock zu einer unwürdigen Maskerade mißbraucht? — Ei, ei, junger Mann!
**Röschen** (reißt sich den Bart ab). Ich bin kein Mann! O, verstellen Sie sich nur nicht so — Sie haben längst erkannt, daß ich Röschen bin, das unglückliche Röschen! (Fängt an zu weinen.)
**Flieder.** Donnerwetter was für eine Kraft, sie reißt den ganzen Schnurrbart aus. Sie weint. (Tritt zu ihr.) Fräulein Röschen!
**Röschen.** Lassen Sie mich, mein Herr, gehen Sie zu Ihrem Engel nach dem großen Eckhaus am Markt, werden Sie glücklich, aber mich, mich betrachten Sie ferner als Luft — ich bin für Sie nicht mehr auf der Welt! (Will ab.)
**Flieder.** Einen Augenblick, mein Fräulein, es kommt mir vor, als wären Sie über die Wahl meines Herzens erzürnt! O, Sie kennen nicht das reizende Wesen, das mich

vom ersten Augenblick, da ich es sah, bezaubert! — Wollen Sie das Bildniß dieses Engels sehen?

**Röschen.** Sie haben ein Bild von diesem Wunder-Exemplar?

**Flieder.** Ich trage es stets auf dem Herzen.

**Röschen.** Da bin ich wirklich neugierig.

**Flieder** (zieht einen kleinen Handspiegel vor). Das Mädchen, das ich liebe, diese ist es. (Reicht ihr den Spiegel.)

**Röschen.** Wie, das bin ich ja selbst.

**Flieder.** Ja, Röschen, der Spiegel trügt nicht.

**Röschen.** So wäre ich der reizende Engel?

**Flieder.** Ja, Röschen — Du bist's — Du allein! (Kniet nieder.) Da liege ich zu Deinen Füßen und stehe nicht eher auf, als bis Du mir versprochen hast, mein zu sein, — mein für immer!

**Timpel** (von links). Was? Der Apotheker liegt dem Lieutenant zu Füßen? Nanu, Sie haben sich ja rasiren lassen?

**Röschen.** Aber Papa, erkennst Du mich noch immer nicht?

**Timpel.** Wie, der Lieutenant ist meine Tochter? Ja was soll denn das heißen?

**Röschen.** Einen Augenblick, Papachen, die Katastrophe naht. — (Winkt in die Coulisse links.) Emma, Herr Doktor, kommt, kommt Alle, es ist gelungen, wir haben gesiegt!

**Emma.** Was gibts?

## 14. Scene.

**Vorige, ohne Geier, Emma, Paul, Lindeck, Frida, Schnabel, Minna.**

**Paul.**
**Kurt.** } Was ist geschehen?

**Röschen.** Hier, Herr von Lindeck, ist das echte Testament, ich hab's als richtiger Husar dem famosen Geier abgejagt!

**Kurt.**
**Frida.** } O welch ein Glück.

**Timpel.** Aber Mädel, wie kommst Du in diese Kleider?

**Röschen** (als Schwäbin). Vaterle, da:sscht nit garschtig sei, mußt Dei Töchterle verzeihe -- i wollt ja nur das Männle da glückli mache.

**Timpel.** Was? Die Schwäbin warst Du?

**Röschen** (als Engländerin). O yes; I have you wollen überzeugen that your friend was very slecht for Ihre Bausen.

**Timpel.** Die verrückte Engländerin. Mädchen, Du bist ja 'ne geborene Comödiantin.

**Röschen** (als Anatole). Wie toll, mein Papa ist Millionär, wenn er stirbt, kriege ich den ganzen Kitt.

**Timpel.** Der Bengel war meine Tochter?

**Röschen.** Ja Papa, und Du hast mir selbst zugestanden, daß ich heirathen darf, wen ich will! Ich nehme Dich beim Wort und stelle Dir hier Deinen Schwiegersohn vor. (Zieht Flieder vor.)

**Timpel.** Der Giftmischer?

**Flieder** \
**Röschen** } bittend. { **Herr Timpel!** \
**Papa!**

**Timpel.** Na, meinetwegen — da haben Sie das Mädel und (sieht Emma und Paul) da ist ja noch so 'n Pärchen! Was will ich machen — der siebenfachgezackte ist doch schon in festen Händen! Also — umarmt Euch! Hurrah!

(Die Paare umarmen sich.)

**Röschen.** Frohe Mienen — freudige Herzen, nun habe ich meine Rolle als Glücksengel nicht gut gespielt?

**Alle.** Vortrefflich.

**Röschen.** Das sagt Ihr — aber wahrhaft glücklich bin ich erst, wenn es auch dort heißt — (Zeigt in's Publikum.)

Schlußgesang.

Fürwahr, die Kleine war charmant,
Ihr Spiel war amüsant,
S' ist pyramidal,
International,
Dann ist mein Glück ganz kolossal.

(Der Vorhang fällt.)

Ende.